LOCUS

LOCUS

LOCUS

catch

catch your eyes ; catch your heart ; catch your mind……

catch 096

遇見第5十棵普仁樹

作者：蔡雅薰 等合著
責任編輯：韓秀玫
法律顧問：全理律師事務所董安丹律師
出版者：大塊文化出版股份有限公司
台北市105南京東路四段25號11樓

讀者服務專線：0800-006689
TEL：（02）87123898
FAX：（02）87123897

郵撥帳號：18955675
戶名：大塊文化出版股份有限公司
e-mail：
locus@locuspublishing.com
www.locuspublishing.com

總經銷：大和書報圖書股份有限公司
地址：台北縣五股工業區五工五路2號
TEL：（02）8990-2588　（代表號）
FAX：（02）2290-1658

初版一刷：2005 年10月
定價：新台幣250元
ISBN 986-7291-76-X
Printed in Taiwan

國家圖書館出版品預行編目資料

遇見第50棵普仁樹 / 蔡雅薰　等合著；
許育榮繪圖 —— 初版 —— 臺北市：
大塊文化，2005 〔民94〕
面：　　公分 —— （catch；96）
ISBN　986-7291-76-X（平裝）

857.61　　　　　　　94019375

遇見
第5十棵普仁樹

蔡雅薰 等◎合著

目次 CONTENTS

十年樹木，百年樹人。普仁崗，這一大片原是山崗的土地，山景的腰邊繫著美麗的流水與分布的埤塘，林木花草與校園師生同榮成長，鳥兒蝴蝶棲落翻飛在樹梢花叢，蝸牛維持牠一貫的步伐，與學子們在土壤上印下難以察覺卻平平實實的痕跡。

走過半個世紀，扶植了一批又一批走向全人的青年，這就是以普仁崗為腹地的大家族。

今年的校園很不一樣，在這裡相遇的，將是第五十年的新普仁樹。

▶

埤塘是優美的生態教室，田園是富麗的空間文本。普仁崗在埤塘與田園的環繞中，交織出五十年全人青春的美麗畫布。

初戀大門

好多好多的第一次，是因為「第一次」才難忘，沒有專屬它的理由，就像是淡淡的一抹，輕擦過原本就預設好的潔白。這樣的頭一筆，容易被忽略，抑或是藏在好久以前的故事裡，這是柔柔的音符，一直在心裡唱著、繞著。我選擇將這個「最初」記憶，賦予它不一樣的節拍。

鹿呦呦心裡舞著最溫柔節奏的最初。

那一年夏天，鹿呦呦初和中原有約，踏著「麥當勞」形狀的大門口前的那段路，是她和中原最近的距離。她將報到的緊張心情分給了好奇，探頭左右顧盼，腳底踩著的中北路是傳說中的熱鬧？數十步的路，鹿呦呦將這問題想了許多遍，因為它給她的第一眼是「務實簡約」。順利地成為這裡的一份子，她才知道，熱鬧不在這個方向，這裡叫做「大門口」。

沒有華麗別致的裝潢，沒有特別精美的擺設，取而代之的是簡單的步伐和親切的校園氣息。當大家萬頭鑽動的移步向熱鬧時，她喜歡享受大門口那數十步的自在：「它將是我生命的故人，我的最初。」

走過整個校園，鹿呦呦還是鍾情這線條圓融的大門。在學校舉辦的新進教師座談會中，邢校長殷切地介紹了學校的環境，當然也包括這特別的校門：「現在的『麥當勞門』，也是校友所稱的『麵包門』，這三個長弧形，主要取材自三位一體，也代表天、地、人與信、望、愛的設計理念。每個長弧形間的距離，當年是依照老校長座車寬度所設計的，早年苦啊，只有老校長從台北來有座車哦……」原來是這樣！所以，以現在眼光看起來並不氣派寬敞的白色校門，只要有大型的遊覽車

進出，都得小心翼翼呢。而曾經
走過校門的學子，是否還記得這
成長的起點，變化的銜接？！

▲ 五十年後，當呦呦與阿噹鶴髮齒鬆，或許已無法記
得曾經的校園種種，但會記得，曾經自適在大門口
前那段載欣載奔的飛揚心情。

　　大門口的街景就這樣靜靜
的佇立在最前方，左右兩排建築
物像是有規律般地斜臥著。放眼望去，以三十度角向外伸展的「八」字
型，彷彿是一位溫柔的使者，伸展雙臂，引領甫來報到的新人，鹿呦呦
愛上這感覺。

　　突然，她看到地面上黑黑小小的身影，竟和她一樣閒適愜意。

　　是小黑！小黑也一代傳一代地守護著她心愛的白色麵包門。

　　小黑也是校園的一份子。小小的身影時而出現在機車棚裡，時而
出現在趕課的人群中，流浪狗這名字真不適合牠們。每天早上鹿呦呦來
學校，經過大門口時，都會注意到有幾隻小黑趴在大門口邊，闔著瞇小

初戀大門的故事，是天、地、人，生 ▶
命悠然的吟哦；是信、望、愛，關懷
永恆的節拍。

眼也好，睜著黑黝黝的雙眼向每個經過的師生行注目禮也好，最讓她印象深刻的是，不管晴雨，牠們總會在每個早晨的大門口邊守著，那麼忠心捍衛，不離不棄。

那天，鹿呦呦如往常經過大門口，看見一隻小黑走路一跛一跛的。她走了過去，蹲下身子端看牠怎麼回事，一個剛走進門口的大男孩，被眼前這幕所吸引。他也熟悉小黑，卻不認識她。向背對他的鹿呦呦走了過去：「小黑怎麼啦？」

鹿呦呦看著大男孩細心的動作說：「你也叫牠們小黑呀？」

男孩臉朝著聲音方向抬起頭，「對……」話未出口，他被她的模樣震懾住。悅耳的聲音，清新的面容，身上出落的端莊雅致，在他和她不到六十公分的距離裡，他完全被征服。她真像雨後的露珠，曳灑在雨後的一片綠意盎然中，讓他嗅到的是最沁涼的溫柔。

踏進校門的第一眼，濃濃的樹蔭是鮮綠的記憶；淡淡的花開是淺紅的微笑，在繽紛歲月的誓約裡。 ▶

鹿呦呦等待著男孩未完成的話，他卻只顧著望著她清亮的眸子。男孩吸了一口氣，設法平息自己激盪的情緒，緩緩吐出：「對呀，牠們每個都黑黝黝的。」

　　「妳是新鮮人嗎？哪個系的？」他們並肩走著，他好想和這位氣質出眾的女生多聊聊。

　　「我？」鹿呦呦笑了，「我也是新鮮人，我在應用華語文學系教書，應華系，聽過嗎？」

　　男孩不可思議的睜大雙眼，她竟是老師？

　　「應華系的老師喔，我是土木系一年級的新生，我叫鍾一鳴，我最喜歡的成語就是『不鳴則矣，一鳴驚人。』同學都叫我阿噹，因為當下課鐘一鳴的時候，就會噹噹響……」阿噹隨性的介紹，看得出鹿呦呦也像陽光一樣開懷，殊不知她的笑容漣漪牽引著一顆雀躍的心，那會發出噹噹聲響的男孩的心裡。

☒

早期的老阿噹們從理工學院出發，第五十棵普仁樹綻放呦呦的文學花朵。

◀ 細數白色的斑駁，鏤刻歲月的舊校門，當風再度揚起，振臂高呼：普仁崗的風吹，證明普仁樹的存在。

02 心有靈犀

「人生是醒還是夢，是喜是悲還是愁。若喜不如苦的多，何不作夢倒快活？」這是十九歲的我。

表面上大而化之，實則隱藏著一點陰鬱，一筆輕愁。

我，一個平凡的大學生，每天不斷重複地上課下課、上網下線、睡和醒、吃和玩之間。成績？我從不在意。
不怕被當嗎？這不是怕不怕的問題，是我從來沒感覺。
來到土木系，妳才讓我對生命有感覺。
是妳，鹿呦呦。

人生的大道理我不是不信，但我不愛別人「說」給我聽。我也不是不愛這所大學，是我根本不想上大學。
出乎意料的是，開學才翹兩次課就被妳盯上！大野狼轉告妳的最後通牒，我才發現原來國文老師就是相遇大門口的妳。

還好，只錯過兩次，否則我後悔莫及。

從來沒有這樣的老師，在我記憶所及。妳有一種無可言喻的魅力，一種落落大方的自信，一種令人無法不被吸引的親和力，尤其是妳和學生相處時不是高高在上的師長，倒像個美麗的鄰家大姐姐，最重要的是，我無法說明心裡那種對妳似曾相識的熟悉。

開學時，在妳發下課堂筆記「學習腳蹤」上，妳要我們寫一點自己，我想説的是，從那個時候，有個人開始住在我心裡。

關於我自己

渴望　曾經擁有　　渴望　天長地久　　渴望　細水長流
渴望　長相廝守　　渴望　風雨同舟　　渴望　永遠守候
渴望　有妳的温柔　渴望　有夢的彩虹　渴望　幸福的停留
渴望　雨過的天空　渴望　一起去兜風　渴望　微笑的時候
渴望　心中的承諾　渴望　心神的交會　渴望　不説妳會懂

但求　心裡有我　　但求　在旁守候
但求　情意永留　　但求　恬淡生活

只想和妳共同編織　甜蜜的温柔

妳的評語是：「那個『妳』，一定是顆幸運之星！」
鹿呦呦，多希望妳是屬於我的幸運之星！
最感念妳，每一回的學習腳蹤上，都有妳的關懷與鼓勵。
Praise to succeed. 妳總是這麼説！

也是妳讓我看見希望之光。哦，那一包神奇的 all pass 糖！

　　忘了是哪一節下課，突然有一群機械系學會的學長到班上，扮起幫忙傳情的郵差。

　　「三號，鍾一鳴，你的 all pass 糖，請簽收！」

　　「嘎？怎麼可能？？？」亂七八糟問了一堆，賓果的心裡真是樂得很！那張小卡片，來自鹿呦呦耶！

　　阿噹：

　　期末未成定局，還有拯救餘地，千萬要征服這場戰役！

　　可不可能「心有靈犀」？期待收到你 all pass 的好消息！ ☺

　　為了妳！我絕對努力的拼！

　　大學生活，對很多人來說是種解脫；但對我來說，卻像是另一個死亡的入口。

　　但是，我的大學生活因為有妳很不同。

　　彷彿敗在「妳」的石榴裙下，我只能這麼說。

　　那一句「心有靈犀」就像夏天的西北雨，重重地打在我心窩，像是炎熱過後的一劑透心涼！

　　我甘心去暑修了，暑修微積分。

　　暑修過了，剛好一百分。

　　就像我對妳的心意也是百分百。

　　妳不信？請上網去看一看！

哦，我說妳是我的幸運之星啊！

妳感到很意外，很開心對不對？

所以妳說要送我一份一百分的禮物。

我也要送給一百分的老師一份禮物。

要和妳見面，我的心情是小「鹿」亂撞。

要和我見面，妳的心情會不會「噹噹」作響？

我提了一個「義美」的袋子過去。

妳提了一個「敦煌書局」的袋子走來。

「別被它的外表矇騙囉，我的禮物不是月餅喲！」我先提醒妳。

「別被它的外表矇騙囉，我的禮物也不是教科書喲！」妳的笑容
不甘示弱。

哇，這時妳的嘴角畫出一彎美麗的弧線，真迷人！

怎麼說呢？

很義美的，香甜味；很敦煌的，典雅風！

回家後，我小心翼翼的拆開妳的一百分禮物。

不會吧？是茶葉禮盒？跟我帶去的一模一樣！

好開心啊！我們的默契在心中畫出一彎美麗的彩虹！

有說人一個「一」字，是兩人「心有靈犀一點通」的表徵。

妳給我百分百的關愛，我可以給妳百分百的真愛嗎？

這樣的「心有靈犀」，是慈祥的月老伯伯在千里情緣一線牽嗎？

☒

03 男人幫會館

　　大一男生多數住在力行宿舍，阿噹也不例外。力行男生宿舍的屋齡是三十二年，每間寢室有八個床位，六個人住一間。因為是歷史悠久的老建築物，宿舍的外表、陳設有些破舊和簡陋，所以被大家戲稱為「男子監獄」。

　　阿噹一開始不太能適應住宿生活。除了冬酷寒夏悶熱之外，狹長的書桌和抽屜，塞不了太多東西，光電腦就佔得滿滿的。每次上去床舖都得和室友共用鐵梯，還擔心會因為睡覺亂滾而掉下去。但因為跟室友相處愉快，阿噹倒也甘之如飴。

　　阿噹看著他那群四二九寢室的室友，王也郎、陳孝村、黃若文都是土木系的，另外兩位Leo和Andy是應外系的學長，他們忙著修教育學程和打工，時常不見人影，簡直是蠟燭兩頭燒。阿噹向學長學會如何用法文說「我愛你」。他苦練 ”Je t^aime” 的發音良久，希望有一天能對心上人秀一秀。

　　王也郎，綽號「大野狼」，除了喜歡騎野狼一二五之外，也是班上著名的A片供應商，這是四二九室賓客絡繹不絕的原因之一，因為獨樂樂不如眾樂樂。大野狼收藏齊全的A片，俄德法美日奧義英各種存貨皆有。有趣的是大野狼在女友「小紅帽」面前總是一副浩然正氣樣，室友們也不忍心揭穿他狼皮底下的真面目。

　　程孝村，外號「陳小春」，台南人，講得一口親切的台灣國語，總把「她是我的人」唸成「她速偶的輪」。他喜歡吃宿舍樓下小木屋的早餐，最愛唱陳小春的歌曲。每次去KTV都抱著麥克風不放，高唱「

神啊！救救我吧！」、「我的愛人」等極度渴望愛情的歌曲。可是每次都把「我愛的人不是我的愛人」唱成「我愛的人不是我愛的人」，（這樣不是一樣嗎？）

▲ 5號公車站牌的背後，就是男人幫會館。各路英雄豪傑來自四面八方：北幫、南派、離島掛，義氣是入掛的行頭。

讓一起聯誼夜唱的女生笑得花枝亂顫，可是目前他仍然是光混一個，苦情加搞笑策略可以說是徹底失敗。

　　黃若文，綽號「文哥」，真是人如其名，講話斯斯文文的，他也是讓四二九室人聲沸騰的原因之一。因為文哥上課總是坐第一排，上微積分、普物時不但不會打瞌睡，還會問老師問題，實驗報告總寫得一絲不苟。不僅如此，他十分樂意替大家解決課業上的困難，常督促阿噹要記得念書。每次期中考和期末考前是四二九室香客最鼎盛的時候，大家都會暫時丟開A片，拿起書本去抱文哥的佛腳，而文哥總是十分有耐心地解決各個疑難雜症。阿噹把文哥當神一般看待，認為文哥應該改稱「

◀ 男人幫會館以前只是一片平原，遙遙相望的是校園中寧謐的恩惠堂。男子監獄高樓樹立，證明與天堂生活不遠。

文爺」，因為在他心目中，若文和關公老爺一樣偉大，救濟天下蒼生。

有一次，大野狼在宿舍提議玩「真心話與大冒險」的遊戲。阿噹被問到「**你對鹿呦呦有沒有性幻想**」這個敏感問題時，他偏頭想了一下：「我覺得她分析事情很理性，說文學故事很感性，穿什麼衣服都很性感，晚上我想到她卻只剩下……『性』！」話一說完馬上遭到大家奚落，小春還嘲笑原來阿噹是「熟女控」。

可是小春更慘，他的懲罰是到「第一香雞排」買宵夜犒賞大家。這一攤的老闆總是笑臉迎人，賣的雞排香嫩可口、味美多汁，是力行男生的朝聖之地。他們要小春請客，還要求他在攤位前大聲哭鬧說：「**這不是肯德基！這不是肯德基！**」真是驚險又刺激的大冒險。

升上大二後就要搬離宿舍，阿噹其實心中還是挺喜歡在男子監獄中的天堂生活。將來力行宿舍要加裝冷氣，而學校也在男生宿舍舉辦「宿舍變裝王」比賽，由室內設計系組成三支隊伍報名參賽，將雜亂的力行男生宿舍做一百八十度大改造。阿噹對於老舊的力行宿舍產生了一股特殊情感，尤其是這群無話不說的黑白室友，也會懷念足蹬藍白拖鞋的男人幫會館。

☒

21.

電玩達人

04

晚上十點多，文哥拎著一袋臭豆腐跟一碗廣東粥回到了自己的居所。一個正常的大學生回到家第一件事一定是開電腦，第二件事一定是連上網路，文哥也不例外。連線成功的視窗才剛消失，一個 MSN 的對話框馬上就跳了出來，速度之快讓他連咽下口裡臭豆腐的時間都沒有。

＜阿噹＞喔耶真三四入手啦 XD： 大賀 XD

可樂還是原味的好ヽ(。▽。)∧(。▽。)╱/Zips爆好聽＞_Ob： 賀啥? =__=

＜阿噹＞喔耶真三四入手啦 XD： 淦

＜阿噹＞喔耶真三四入手啦 XD： 你白痴喔

＜阿噹＞喔耶真三四入手啦 XD： 不會看暱稱的喔 ＝＝

可樂還是原味的好ヽ(。▽。)∧(。▽。)╱/Zips爆好聽＞_Ob： 喔 =.=

可樂還是原味的好ヽ(。▽。)∧(。▽。)╱/Zips爆好聽＞_Ob： 出了喔？

＜阿噹＞喔耶真三四入手啦 XD： 今天出的

臭豆腐，廣東粥，冰鎮紅茶真爽口；天堂II，楓之谷，仙境傳說魔獸鬥。阿噹只管聚精會神地將電玩的一切捕捉，不知收攏到最後是客心變奏，還是大江日夜流？ ▶

＜阿噹＞喔耶真三四入手啦 XD： 第一時間入手 ^_^ y

　　　第一時間？文哥看看窗外黑漆漆的天空。還記得他從圖書館出來
的時候，外面就像置身尼加拉瓜大瀑布最底層，狂風把樹幹吹成四十五
度角，不時還有雷聲轟轟作響。

　　　這種天氣還出門？而且是走十五分鐘到車站，然後坐五分鐘公
車，然後下車後再走十五分鐘的電玩專賣店？

可樂還是原味的好ヽ(。▽。)∧(。▽。)╱ Zips爆好聽＞_Ob： 真是辛苦你了
=.=lll

＜阿噹＞喔耶真三四入手啦 XD： @_@

＜阿噹＞喔耶真三四入手啦 XD： 我還以為回不來了説 = =lll

可樂還是原味的好ヽ(。▽。)∧(。▽。)╱ Zips爆好聽＞_Ob： o_O！？

＜阿噹＞喔耶真三四入手啦 XD： 我到那邊的時候是八點多

＜阿噹＞喔耶真三四入手啦 XD： 老闆跟我説十點才會來 = =

＜阿噹＞喔耶真三四入手啦 XD： 是我不會騎機車，身上除了買遊戲的
錢以外就沒了orz

＜阿噹＞喔耶真三四入手啦 XD： 十點以後又沒公車惹……

可樂還是原味的好ヽ(。▽。)∧(。▽。)╱ Zips爆好聽＞_Ob： 囧llllllllllllll

＜阿噹＞喔耶真三四入手啦 XD： 本來打算走路回來的説XDlll

＜阿噹＞喔耶真三四入手啦 XD： 對了，你明天到學校可不可以先借我
五百元？

可樂還是原味的好ヽ(。▽。)∧(。▽。)✓/Zips爆好聽>_Ob：？

＜阿噹＞喔耶真三四入手啦 XD： 因為我這禮拜的錢都拿去買真三四了 orz

＜阿噹＞喔耶真三四入手啦 XD： 沒錢吃飯了這樣 Q_Q

　　文哥口裡的廣東粥差點沒噴到螢幕上。寧可一週不吃飯也要買遊戲嗎？這人瘋了啊！

　　他不由得想起，電視上「你一定是瘋了」的銀行貸款廣告。

可樂還是原味的好ヽ(。▽。)∧(。▽。)✓/Zips爆好聽>_Ob： 唸書啊同學……囧 rz

＜阿噹＞喔耶真三四入手啦 XD： 我有唸啊 ＝＝"

可樂還是原味的好ヽ(。▽。)∧(。▽。)✓/Zips爆好聽>_Ob： 最好是啦 ＝"＝+

＜阿噹＞喔耶真三四入手啦 XD： 騙你幹麻 ＝＝

＜阿噹＞喔耶真三四入手啦 XD： 我最近打電動時間已經減少很多了好不好 ＝＝

可樂還是原味的好ヽ(。▽。)∧(。▽。)✓/Zips爆好聽>_Ob： ……

（打電動時間減少很多，然後又買一塊新遊戲增加自己的遊戲時間？）

（上一次他「大賀」新遊戲入手那一週我好像有半數的課看不到他人）

文哥邊想著邊開啟網路遊戲 GNO 的視窗。

<阿噹>喔耶真三四入手啦 XD： 鹿呦呦也説我上課有進步（挺）

可樂還是原味的好ヽ(。▽。)∧(。▽。)✓/ Zips爆好聽>_Ob： 是喔 ="=

可樂還是原味的好ヽ(。▽。)∧(。▽。)✓/ Zips爆好聽>_Ob： 他喜歡你咩
XD

　　鹿呦呦教他們的時候，在班上就屬阿噹跟她的互動最耐人尋味。
她從不點他發表意見，他上課的時候也只是靜靜看著她，但她關心他，
他仰慕她，以前全寢都知道。説也怪事，平常阿噹這傢伙，上起課來就
是睡到打鼾，上鹿呦呦的課就整個人容光煥發起來，精神奕奕到不像他
們以前在宿舍裡看到像癱瘓了的人。文哥認識阿噹也不是一天兩天的事
了，從來沒聽過他對文學有什麼熱愛，以前推薦給他幾本小説，他也翻
一翻就去看他的漫畫去了，卻可以在鹿呦呦的課程中，一整個學年抱著
大一國文教科書《文苑英華》。

<阿噹>喔耶真三四入手啦 XD： 真的嗎@_@+

<阿噹>喔耶真三四入手啦 XD： 你真的認為她喜歡我？

可樂還是原味的好ヽ(。▽。)∧(。▽。)✓/ Zips爆好聽>_Ob： =.=|||

　　文哥被他突然這麼一問，一時不知道該怎麼回答。

可樂還是原味的好ヽ(。▽。)∧(。▽。)✓/ Zips爆好聽>_Ob： 阿就你跟她
最熟 …… 我們班上她當然最喜歡你咩……

＜阿噹＞喔耶真三四入手啦 XD ： …… ㄎㄟˊ，還以為你說什麼咧。= =

可樂還是原味的好ヽ(。▽。)∧(。▽。)╱Zips爆好聽>_Ob ： …… 你在期待什麼？XD

可樂還是原味的好ヽ(。▽。)∧(。▽。)╱Zips爆好聽>_Ob ： 禁忌的師生之戀嗎 XD

＜阿噹＞喔耶真三四入手啦 XD ： = =|||

可樂還是原味的好ヽ(。▽。)∧(。▽。)╱Zips爆好聽>_Ob ： 你可以去邀她一起打真三四啊 XD

＜阿噹＞喔耶真三四入手啦 XD ： 最好是啦 = ="

＜阿噹＞喔耶真三四入手啦 XD ： 啊她又不打電動 = ="

可樂還是原味的好ヽ(。▽。)∧(。▽。)╱Zips爆好聽>_Ob ： 你怎麼知道她不打 =w=+

可樂還是原味的好ヽ(。▽。)∧(。▽。)╱Zips爆好聽>_Ob ： 我上次去她辦公室的時候看她在玩新接龍 XD

＜阿噹＞喔耶真三四入手啦 XD ： = ="

可樂還是原味的好ヽ(。▽。)∧(。▽。)╱Zips爆好聽>_Ob ： 你們可以兩人放愛的激無雙，增進兩人感情喔 XDDDDD

＜阿噹＞喔耶真三四入手啦 XD ： = =凸

＜阿噹＞喔耶真三四入手啦 XD ： 靠ㄅ不跟你說了

＜阿噹＞喔耶真三四入手啦 XD ： 去玩真三四 = =+

可樂還是原味的好ヽ(。▽。)∧(。▽。)╱Zips爆好聽>_Ob ： 慢玩 =w=\~/

＜阿噹＞喔耶真三四入手啦 XD　狀態顯示為離開。

文哥關掉了MSN，把剩下的晚餐（還是宵夜？）吃完，回頭看看窗外，雨已經慢慢小了下來，送進陣陣涼爽的夜風。螢幕上，他的幾隻獨眼巨人正在力拼聯邦的白色惡魔；下面的巷子裡偶爾傳來一陣機車呼嘯而過的聲音。又是個平靜的一晚，跟上個禮拜以及上上個禮拜都沒有什麼不同。

　　第二天文哥到了學校，在搭電梯的時候遇見鹿呦呦，聽她說，上午阿噹跑來，問她週末有沒有空陪他玩真三國無雙四。XD

⊠

▶

現在的電玩達人，以前沒電玩可玩。老阿噹們大榕樹下吹涼風，運動場上逍遙遊，與大地玩真三國無雙四。XD

.28

05 哈囉，仙度瑞拉

　　「五、四、三 、二 、一」阿噹倒數著跟自己手錶一樣準時的下課鐘聲……「噹～噹～噹～噹」迫不及待的抓起包包往教室外衝，「哈哈！終於沒課啦！現在就算要我跟大家一起擠電梯，我的心情還是給他照樣好！」阿噹心想著，嘴裡邊哼著不知名的歌曲，心情有如今天露出笑臉的太陽般，帶著煦煦微風，令人神清氣爽！就連他一向都嫌長的教學大樓到恩慈樓 seven 的這一段路，今天走來似乎特別的輕鬆。榕樹下情侶椅前面的一排垃圾桶所散發出的臭味，自然也就不那麼令人作噁了。

　　但這卻也是阿噹一直想不通的地方，垃圾桶後的一排情侶椅，雖說到了晚上，燈光美，氣氛佳，有著榕樹影子的相互交映，一陣風吹過，伴著樹葉、枝條的沙沙聲，輕拂過臉龐，但卻明顯得帶有垃圾的「香味」，不曉得那些情侶為什麼還是一窩蜂的往這裡跑。

　　「如果有一天，我真的成功了，老師被我的真心打動，我才不會帶她來這種地方勒～而且那些情侶們真笨的！自以為在那很隱密，卻不知道其實有幾千隻

同一款鐘聲，穿梭在不同時空的普仁世代。算不清多少個老阿噹小阿噹，一天之中要走多少回教學大樓到恩慈樓seven的路上。

▲ 校園翦影在20的小阿噹眼中生了根，30的中阿噹腦子裡發了芽，40大阿噹嘴上開了花，50的老阿噹心田裡結了果。

眼睛正射向他們，還閃閃發光呢！」阿噹心想著，順勢對那一長排情侶椅投以不屑的眼神，繼續前往 seven。

正一邊踢著腳邊的小石子一邊哼著歌步行時，竟讓他發現那雙他再熟悉也不過的高跟鞋，使他的嘴角瞬間呈現四十五度的上揚，露出別有用意的笑容。他決定跟蹤那雙鞋，保持著一個 Jordan 躺著的距離，高跟鞋偏離直線方向二十五度角，遲疑了一點零二秒……，全都在阿噹的視線掌握中。飲料也不用喝了，直接略過 seven，他的目光緊隨高跟鞋來到了恩慈地下室的敦煌書局。

就在高跟鞋要進入書局的瞬間，阿噹心想，是時候了，猛然一抬頭，打算要從背後給她一個大大驚喜！嗯，也可以說是驚嚇！阿噹在這時立刻來了個緊急大煞車！因為，她不是「鹿呦呦」！阿噹的心情倏地像坐雲霄飛車般，由最高點，一下子直達谷底……。

「oh～my～god……嚇死我了！我想這次我是認真的了！可以因為一雙鞋就以為是老師，虧我相信今天真是我的 lucky day！看來～並不是天天都會有『巧遇』這種好事……。」阿噹嘆口氣，轉身要離開，手機鈴聲忽然響起，他看了看，來電顯示著「鹿呦呦」。

「唷呼～YES！！我把剛剛的話收回，今天果真是我的 lucky day！」陽光映照在阿噹笑開了的臉上，顯得格外的燦爛！

☒

06 五百伯樂

　　校園附近有著許多名聞遐邇的美食，這可不只是中原的學生知曉，就連附近大學的學生和鄰近居民都常常慕名而來。學校附近的美食圈大致位於「中北路商圈」、「柏德商圈」、「中原門口商圈」和「中原戲院商圈」四大商圈中，而阿噹就時常遊走於其中，不斷發掘美食與驚喜！

　　「呦呦，我帶妳去吃五百塊的便當！」

　　鹿呦呦半信半疑地跟著阿噹走進校門口前右邊的一條小巷中，阿噹神秘兮兮的行為，像是個孩子帶著玩伴前進自己的藏寶地，快樂中帶著一絲驕傲。

　　阿噹從學生的視角，總是不斷地帶給她驚喜。還記得上回他帶著她去吃一家名為「台南意麵」的小店，理由是因為那家店的老闆可是「秦揚」呢！不過，那家麵店的麵食真的是令人意猶未盡啊！想到那真材實料濃濃的湯頭、那順口油滑的麵條……，鹿呦呦真的是餓了。重點是，阿噹所言不假，那老闆的長相活脫脫是秦揚的翻版呢！

　　走進小巷中，放眼望去，這一排可都是高級西式餐廳呢！但其盡頭，卻是一間簡樸無比的自助餐店，它有一個好聽的名字 ──「伯樂」，在周圍這些高檔餐廳的襯托下，它顯得有些突兀但卻又平易近人。

　　「到了，就是這裡了，五百塊便當！」阿噹興奮地指出藏寶圖地點。

　　阿噹邁開步伐就走進那家店，而鹿呦呦也隨後跟進，還未開始質問，阿噹就心電感應般地說：「我沒有騙妳喔！等會兒妳就知道何謂五

百塊便當了。」

在排隊點餐時，鹿呦呦注意到「伯樂」的老闆是一個微禿的中年男子，有一副大嗓門和爽朗的笑聲，額頭上不停地滲出勞動後留下的汗水，是一個長相相當有喜感的人。他與學生間的互動相當的熱切，尤其有趣的是他說話的方式。

「好了！三號餐收你五百塊。」

嗯？那小小的便當真的要五百元？縱使它看起來再美味，但是，五百塊耶！鹿呦呦壓低聲量地對阿噹說道：「阿噹，黑心商店？還吃？」但她見那位顧客卻只是發出會心一笑，拿出五十塊結帳，才知道原來那只是老闆的玩笑話，阿噹口中的「五百塊便當」只是伯樂老闆的幽默性情。

終於輪到了他們倆，鹿呦呦點了二號餐，海鮮一向是她情有獨鍾的選擇。只見老闆俐落的夾好她選擇的配菜後，朝裡頭廚房一喊：「動作快一點喔！學生不多，只排到校門口而已！」聽到他的話，鹿呦呦不禁笑了出來，這裡跟校門口差的可遠了。老闆也同樣跟她收了「五百塊」，鹿呦呦掏出一張五百塊的鈔票，他欣然收下，然後說：「剛剛好，不用找了！」

阿噹為著自己能帶給鹿呦呦一點驚喜而有輕暖微醺的甜然喜悅，而鹿呦呦也因為這位老闆的幽默風趣感到輕鬆愉快。在這裡吃飯氣氛好，不是西式浪漫，而是台灣特有的飲食熱絡與濃濃人情。老闆的吆喝聲，同學的閒常聊，讓阿噹免費加飯一碗接一碗，走出「伯樂」時，鹿呦呦身心都感到好滿足。

「阿噹，謝謝你喔！這個『五百塊便當』值得！」鹿呦呦臉上洋溢著滿足的笑容說感謝，讓阿噹頓時有不知身在何世之感：「下次再有什麼好吃的我再帶妳去。」

　　「等等喔！阿噹！讓我也回饋一下嘛，」鹿呦呦向校門口的「叭撲」阿伯走去。「老闆，我要兩份，要超大的喔！」只見年邁的阿伯吃力地挖著一球又一球的冰，每一球都紮紮實實的，那是呦呦最愛的古早味！

　　「呦呦，中午要吃什麼？」每當同事問起這永不止息的問題時，呦呦心裡總有個很特別的答案浮上心頭：「吃過五百塊的便當嗎？我知道一家很不錯的。」

⊠

◀ 普仁崗上早期的美食街與便利商店，雖然沒有 We are family 的口號，也沒有光鮮亮麗的商品陳設，可也是數十年前老阿噹記憶中供應衣食的親切衫仔店。

07 温差39.5度

　　穿越了白色的麥當勞門，經過了重重的道路施工，在前往恩慈樓的車廂內，凝重的氣氛和窗外的濕氣一樣，令人侷促不安，看著前頭轎車行李的搬進搬出，離情依依，初識的恩慈，對應華系新生小光來說，是灰色的。

　　這一晚，校園的柏油路澆了一地的月光，樹影直伸而來，一掌覆在大地，泥土的顏色上有層次感的淺黑、蒼黑和深黑，小光和她的室友踏實的踩在泥土上，緩緩跑著。

　　在前往恩慈宿舍的路上，一群男孩子以跑一千六百公尺的的速度，一一超越小光和她的室友。眼看和女孩們約定的時間已超過十五分鐘，他們幾個越跑越急，汗也流得更兇了。

　　「妳看，那不是阿噹嗎？」小光的其中一個室友說。

　　「是啊！阿噹，阿噹！」小光試著叫他，不過阿噹似乎沒聽見的樣子，一下就跑出她的視線了。

　　他和他的哥兒們在校園如風奔馳，思緒漸漸澄明，身子彷彿騰空，感到一種難言的愉快。路燈的橙黃光線繞在他們淌汗的臉龐，藍黑的天空迷迷茫茫，他們因快速跑著而為風撩起了寬鬆上衣，未被遮蓋的的部分身體，涼爽快活。阿噹覺得他們正如威風凜凜的將軍殺開前路，滿身雄霸氣勢，路過的樓層參差排列狀似古時皇城，校園的築物連棟聳立於四季之謎題中，他們手上的宵夜是武器，充滿野心，準備攻下女孩之城 。

　　棕櫚色的恩慈樓由內而外散放出女性的氣味，門裡現代感濃郁的

早期的普仁崗上，除了隨處可見的彬彬君子，還有清秀的翩翩佳人。她們像粉蝶般快活，如家鴿般優雅，是普仁崗上春天的精靈。

的設計風，人造的銀白燈光混著吵嚷人聲，樓身半面為月光所映照，幾隻黑狗兄和黃狗弟一臉閑適地趴臥在門口，男孩們在外探頭探腦，窺伺著女孩群居的聚落，莫不升起好奇想像。每逢夜晚九點多至十一點，在女生宿舍門禁這段期間，恩慈樓下總是聚滿了一大批送宵夜的人，熱鬧紛紛的盛況不下於週末的都會的逛街人潮。

　　大野狼帶了恩慈小門口遠近馳名的滷味，深情顧盼的是他鍾情的小紅帽；程孝村帶了重量杯的珍珠奶茶，盯著特意為他裝扮的俏佳人：藍綠色的腰帶繫著粉色圓點圖樣的窄裙，黑色絲襪托出修長的腿部曲線！他多希望自己夠帥，配得過眼前這迷幻彩光的小倩影。文哥今天帶了麥當勞的三號全餐，他老早就打聽好眼前這位上了淡妝，裙擺薄紗如水草在海底搖曳的飄逸淑女，是個麥當勞三號餐的忠實顧客。

　　當他們到達終點恩慈樓時，阿噹便獨自站在旁邊靜靜地看著他們聊天。七分褲襯出他挺拔的身高，輕便的上衣綴著點點綠點點藍點點深灰，總是一副愛理不理人的神態，流露承襲大位的高傲表情，今天看來卻略顯頹唐。

　　他的她呢？阿噹心不在焉地瀏覽四周，恩慈樓下的光線是淡淡的微光，因為這些送宵夜和收宵夜的少年芳華，這個地方才折射喧騰的氣息吧。

　　對青春的心而言，「宵夜制」是神聖而誠意十足的。每個人打扮

樣式形形色色，整齊體面，熱鬧的場面彷彿一場宮廷的宴會，熱戀的情人貼近如相擁的舞者，男孩女孩都以輕快的語調交談著，當中也不乏那些為了吸引異性注意，而穿得五花八門的青春獵人。阿噹悶悶地走到兩排樹蔭下，彷彿聽見了樹上蟬鳴啁啾的回響，原來愛可以如此簡單。

　　就在他環顧四周時，一個小影子吸引了他的目光。那是一位走路顛簸，身軀佝僂，年約八旬的老婆婆，模樣竟如童話中的巫婆。她皺紋滿面、神情枯索，只見她緩慢艱辛地穿過雜沓人群，吃力地走到恩慈樓下右側的超大型垃圾桶旁，慢動作地將手伸進垃圾桶裡，東翻西找，神情帶著期待與焦慮。她的一舉一動都吸引著他，一個風霜身影在眾多花俏的年輕人群裡顯得特別突兀而孤寂。她翻找了許久，似乎找不到想要的東西，一臉平靜的失望與無助，阿噹不禁想要幫助她，但是，他能夠給她什麼呢？阿噹不知道。

　　當他把視線移回人群，場面依然熱鬧，老婆婆那寂寥的飄零身影，使他堅實的胸膛像被打凹了半截，就像身歷其境在一場怪夢中，他明明是高高興興陪室友來送宵夜的啊！

　　「我先回宿舍了。」他向與女孩聊得起勁的室友們說，之後便倉皇逃開。他無意識地

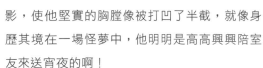
◀ 對離家很遠很遠的少男少女，很容易把愛家人的深情，全然信靠在同寢的友人身上。信樓的女孩從人情中體會出新相知的人間女兒心，平凡的福居便是恩慈之家啊！

夜，很黑，夢想卻隨著星光閃爍而發亮。在恩慈樓的堡壘下，無數的彩色泡泡正在飛揚……。

走著，內心秋意正濃，卻填不了空缺的寂寥感，像傾斜的雲片，又似盤結錯雜的樹根……。

「如果我一直前進，前進，有人會在我身邊嗎？可以是我所期望的那一個人嗎？」這些思緒不停纏繞著阿噹，讓他一直沒有注意到，不到一百公尺的左後方，小光將他的神情全都收入眼簾。

「小光，小光？」隨後而到的室友叫著出神的小光。

「啊？」就在阿噹走遠了之後，小光才回過神來。

「妳還要繼續跑嗎？」室友問她。

「不跑了，好累，想回房間休息了。」小光回答。

「好吧，那妳自己先上去，我們再跑個一圈」。

小光告別了室友，一個人失落的走進恩慈樓。

陪著送宵夜？今天我只是有些疲倦但不是厭倦吧，阿噹悶悶地想。

陪著去跑步？明天我只能遠遠觀望但不能貼近你的心房嗎？小光黯黯地想。

「如果有人陪在我身邊，那會是我所期望的那一個人嗎？」阿噹、小光不約而同地自問著。

☒

力與美的競技場

　　天空飄著細雨，時緩時急，卻未澆熄中原人的熱情。今天是學校的大運會，剛過七點，各系就一一帶隊進場。

　　這所大學每年都舉辦兩次運動會，熱鬧程度自然精采可期，尤其是大隊接力和啦啦隊比賽，更是全場矚目的焦點。學生們在進場時，也都別出心裁，顯現不同系上的特色。醫工系由女同學穿上護士裝，並有道具救護車隨行在側；室內設計系則以化妝舞會的形式繞場；資管系的老師們裝扮成桃太郎軍團，宣示盡全力協助白蘭部落促銷水蜜桃的數位關懷；而應華系這次開幕繞場的主題是「多國一家親」，拿著各國國旗帶領行進，象徵應華系學生以後的足跡將是遍及海內外。

　　鹿呦呦起了個大早，親臨隊伍，為學生們加油打氣。她同時還惦記著阿噹，因為昨天阿噹傳簡訊跟她說他參加男子四百公尺比賽，希望她能幫他加油。當鹿呦呦還在運動會檢錄手冊上尋找比賽時間時，冷不防有人在背後拍了拍她的肩。

　　「嘿！在找我的名字對不對？」阿噹調皮地說。

　　「對啊！我在想你怎麼會去跑四百公尺？去年你不是上體育特別班嗎？」

　　「哦，妳說快樂的體育殘障課哦，那時我右腳踝剛剛開過刀啊。ㄟ，不要小看我，我國中高中都是田徑隊的呢！」

　　「真的？專攻男子四百公尺？」

　　「沒有啦！以前我都是跑一千五百公尺和五千公尺長跑。可是現在腳剛痊癒，怕衝到一半腳踝會斷在跑道上，但又想動一下，所以報名四百公尺！」

「好！一定幫你加油，幾點比啊？」

「預賽是下午一點半開始，如果跑得快，明天等我進決賽！」

下午一點整，鹿呦呦剛吃完午飯，緩步走到系上的休息區。而此時阿噹已在體育館內換上短褲和球鞋，做熱身運動，進行運動員的檢錄。

「老天爺啊！拜託您不要讓我在鹿呦呦面前漏氣！」阿噹在心中一直默念，還一邊緊張地觀察左右兩邊的選手。

「各就各位！預備……砰！」

阿噹一聽到槍聲，立刻疾速往前奔，他有些控制不住步伐，但基本的配速和呼吸都大致順暢。到了應華系的加油區，看到鹿呦呦拿起加油棒，在看台上為他熱烈加油，心中雀躍萬分。但是競爭實在太激烈了，尤其是機械系和醫工系的選手實力超強，在最後一百公尺時，阿噹力氣逐漸用盡，只取得分組第二名，但確定晉級決賽。他慢慢走向休息區，一邊大口喝水，一邊按摩雙腿。

「呼！沒想到一百公尺這麼累人！我的腿都快要斷了！」

「可是你跑得像一頭獵食的黑豹！深藏不露哦！」大野狼向他舉起大拇指。

「厚！以前都是跑長距離，第一次衝這麼猛還真有點不習慣。」

「是喔？跑短距離和長距離有什麼不同啊？」小春問他。

「笨蛋！一個要快快跑，一個要慢慢跑嘛！」大野狼搶著答。

「哈！話是這麼說沒錯！可是跑步也像愛情的奧妙。」

「愛情？」

「嗯！一般一百公尺短跑的勝負只在零點零幾秒之間，但要突破那零點零幾秒卻很困難，就像明明喜歡一個人卻不敢說出口，每次話才剛到喉頭卻又吞進肚裡。長跑有時第一名和第二名會差個十幾秒，但只要事前配速得宜，比賽時可以進步個十秒不是問題。可是長距離又帶有太多不確定性的考驗，誰都無法擔保運動員能一直維持良好的狀態和體力。」阿噹又開了一瓶舒跑。

　　「四百公尺就很特別，勝負差距落在兩秒至五秒之間，要進步個兩秒很容易，但要進步五秒卻很困難。我現在還太嫩，進退之間，還真的需要高人指點。就像我的愛情沒個譜，無法確切掌握行進的配速，所以這次跑四百公尺，差點栽了。」

　　「哇！沒想到你在鹿呦呦的『調教』之下，可以滔滔不絕地講起你的跑步經和愛情論？我看以後下課你就率領我們一起來跑步，順便叫鹿呦呦也一起來，你看怎樣？」一向嚴肅的文哥，竟然笑著調侃起他來。

☒

◀ 陽光大運，活力啦啦！暖身探破曉，流汗伴夕陽！阿噹的跑步經和愛情論，在力與美的競技場上。

09 剽悍機械，魔頭紳士

　　大運男子四百大隊接力決賽場上。

　　阿噹斜線三條地看著隔壁看台，終於忍不住拉一拉身旁的大野狼。

　　「他們會不會太囂張了點啊？」斜線與冷汗並下。

　　「真是有夠誇張的，那堆系旗多得礙眼啦！」小春帶著四十分的羨慕六十分的眼紅敬畏地說著。

　　隔壁看台上，所有機械系的學生皆身穿鮮紅色的系外套，把自己打包得跟救火員一樣；看台前N隻數不完紅底上大大寫著ME的機械系系旗在風中飄揚舞動著。難得三月颱前的大風不斷拍打著火紅的系旗，拍擊出啪咧啪咧的陣陣聲響，台上的加油團鼓譟，台下比賽也正如火如荼地進行；火紅機械人雷霆的喧囂和火紅飄盪的旗幟相錯交叉重疊，形成一片氣勢磅礡的紅海，來勢洶洶地要將整個會場淹沒。

　　手持大聲公的學長用著已經嘶啞的聲音叫著：「第一跑道第二跑道第三跑道第四第五第六第七第八跑道全部加油啊！學弟們！來幫我們機械系吶喊加油一下啊！告訴我，第一名的系是──」

　　「機一械一系！」學弟們非常支持配合地搖旗吶喊，旗海飛揚。

　　「第二名？」學長繼續以高分貝嘶吼著。

　　「機一械一系！！」大伙兒喧囂鼓譟，雄厚低沈的加油聲迴盪於整個看台。

　　「第三名第四名第五名第六名第七名第八名？」學長已經喊到有聲快變失聲，火紅的兩眼散發出不可違抗的氣勢。

　　「機械系機械系機械系機械系機械系機械系！」全系站起徹底瘋

狂，鑼鼓、系旗、加油棒全都派上了用場。轟隆隆轟隆隆咚咚咚！鏘，咚咚咚，鏘！

「剽悍機械，威震八強！」「剽悍機械，威震八強！」，眼裡閃耀的是興奮、榮耀與驕傲。

「整個機械是發狂了是吧，殺氣啊殺氣！」大野狼再次開口。

「有什麼辦法？大隊接力前八強機械系進八隊，十二個班全部進前十六強。下次建議學校可以直接辦機械系的大隊接力就好了咩，一群高速機動的恐怖份子。」阿噹涼涼地說。

「看來機械系以後可以不用去修冷氣了，全部改行來跑步就好了咩！ㄟ～～不錯不錯耶，花哈哈哈哈！」小春開始自得其樂起來。

「機械系本來就不是修冷氣的好不……白唷！」阿噹馬上賞了小春一個大大的眼白，然後又忍不住地轉身再附贈一個狠狠的飛踢。

「按！機拉，虧我對你那麼好！」小春立即擺出「駭客任務」中基努里維的防衛姿勢。

「你自己白目啦，去去去！懶得跟白癡說話，我還是等著看應華的啦啦隊表演比較實際，你給我離遠一點～」阿噹邊說邊動手把眼前這位「大型礙眼垃圾」撥到旁邊去。

「應華啦啦隊唷～真的假的！！挖哩，正妹勒！！卡緊找個好地點卡位！」大野狼一聽到美女眼睛馬上閃閃發亮，瞬間緊緊「扒」住阿噹當無尾熊。

「你真的白目啦 ○▽＊§＄％∞＝ｋｘ……」

「好啦好啦，我知道你其實更想看的是親愛的鹿呦呦跳啦啦對吧

對吧！我懂我懂！撲哈哈哈！迷你裙ㄟ～～」大野狼不知死活地再加上一句。

「挖哩！真的白目啦！看我的寒冰掌！」阿噹手一舉就要往大野狼的左胸攻去。

「鹿呦呦老師好！！！」大野狼往左邊一躲，突然天外冒出了這麼一句。

「機啦！來這套，最好是我會相信啦！當我白痴，哼哼！看掌～～～」他的手馬上又往大野狼的右肩砍去。

「阿噹，練拳啊，這麼開心！」鹿呦呦叮鈴般的聲音在手刀與肩膀距離一個圓周率三點一四一五九二九二單位的時候從阿噹的背後有如魔咒似地殺了進來。

「靠……左邊一點啦……老師好！！老師怎麼會過來這邊啊？」

▲ 槍聲響起，選手們在跑道上飆速競技。呦呦揮旗吶喊要阿噹衝破突圍，阿噹心知，傲視群倫就是憑藉實力，跟自己的極限超級比一比。

阿噹硬是在最關鍵的兩秒將手收停下來，轉身附贈鹿呦呦一個大大的閃亮亮微笑；左腳不忘把後面礙事的大野狼不著痕跡地踢遠遠的。

　　「哇，跑完四百決賽還這麼有活力！我是過來看我們系上的啦啦隊表演，現在是什麼比賽啊，戰況這麼激烈？」看著隔壁看台喧鬧的鼓聲，鹿呦呦忍不住問了一句。

　　「老師我跟你說，這是男子四千大隊接力的決賽啦，不過你現在看到的八個跑道全部都是機械系的選手，殺氣沸騰熱血滾滾，你看看你看看。」大野狼又不知到從哪裡冒了出來，劈哩啪啦聒噪的說著。

　　「所以吼，結論就是機械系的都是一群接力瘋子啦老師～」阿噹又一個不著痕跡的飛天踢，把這個死纏爛打的大野狼掃到旁邊去，「搞不好他們推甄考試不是微積分勒，把全部學生帶到操場測兩百公尺，二十五秒以內就錄取，哈哈哈！」

　　「真的咩，搞不好他們連系主任時間就是系主任帶著機械系全體同學繞工學館跑三十圈勒！哈哈，這樣這系主任就有帥氣到嚕！！」

　　「愈講愈誇張了，不過他們的系主任湯宣很特別倒是！他在那邊！」

　　順著鹿呦呦手指的三點半鐘方向，阿噹看到了傳說中的機械系湯大主任，中庸的體材，梳得整齊的頭髮和燙得筆挺的衣服，以及那件個人特徵非常明顯的——深咖啡色吊帶褲。

　　「哇！穿吊帶褲領軍跑步嗎？湯主任不會平時也這樣穿吧？看起來還真是個溫和的紳士啊！跟機械系的學生差太多了哦！」

「那件吊帶褲確實是湯主任的正字標記沒錯！至於溫和嘛，嘿，你們沒機會看到校務會議上湯主任多麼字正腔圓、鏗鏘有力地對各項議案提出意見的樣子，他可以不疾不徐又同時咄咄逼人啊！哪個主管們不是如臨深淵如履薄冰地謹慎回應，不然就要招架不住了！」

　　「機械系的都是殺手哦？」阿噹不禁半信半疑。

　　「就像這樣子你看唷！」鹿呦呦拉拉衣領清一下喉嚨，板起面孔，擺出一個威武的架勢，馬上就學起湯主任來：

恩，這個行政單位主導學術發展之資源效率問題相當嚴重！嗯，這個研發處接管貴儀中心連續數年，這個預算一千兩百四十八點四萬元／年度，遠大於收入的使用費，浪費過多經費，且行政效能有待加強！

　　「哇哩，數據還調查得真清楚，傻眼了啦！」

　　「真是這樣！湯主任還打出了一張密密麻麻各系所分配到的補助款分析數據，每樣細節都清清楚楚一項不漏唷，一點都不誇張！」

　　「那這位湯主任還真的可說是魔頭中的魔頭，紳士中的紳士啊！」阿噹兩眼閃亮亮崇拜地聽著。

　　「其實湯主任在我眼中是一位少見勇於表達意見的師長，他用科學的方法分析事理，從淑世的精神堅持當行之事，雖然有時讓開會時會因為他的發言而使對立的緊張氣氛升高，但從另一個角度來看，這也是他關心校務最直接的表現方式。開會本來就是要蒐集各方不同的聲音與意見充分溝通嘛，若是開會少了湯主任的發言，會議的進行就像掉色的

彩虹，無聲的交響曲，了無生趣囉！」

　　「這麼說來，現在像他這樣有個性有特色的老師還真的不多咧！那我們的結論是什麼啊？」

　　「結論就是機械系湯主任是個愛穿吊帶褲的魔頭紳士！哈哈哈！ㄟ～老師妳們系上的啦啦隊表演要開始了啦！快來看快來看！」

⊠

▼　短跑的勝負在零點零幾秒之間，長距離的可看性在不確定的考驗。五十年來這裡比比皆是青春的人生運動員，奔騰締造榮耀時刻！

10 「啦」進彼此

今晚可是非常重大的時刻呢！至少在男生宿舍中已經引起極大的轟動，現在大批人潮都瘋狂地奔向同一個目的地，此種盛況有如朝聖般的虔誠信徒，充斥著滿腔的熱情，只是讓他們情緒如此沸騰的不是穆罕默德、觀音娘娘，或是聖母瑪麗亞，而是學校每年度都引起熱烈風潮的比賽－啦啦隊！充滿活力和青春的美少女，甜美的笑容和動感十足的肢體動作最令男生們著迷了！雄性賀爾蒙驅使他們卯足了勁用力衝～～待會兒大概別想佔到視野寬廣的好位子吧！不過只要……

「嘿！阿噹噹噹噹噹～」遠遠就看到一個露出小蠻腰的辣妹，身上發出的光芒直射向他，不知是電波還是她身上的亮片，讓阿噹一陣頭暈目眩。

「哇靠！妳妳妳……是小光嗎？妳也有這麼女人的一面哦！」小光穿了一套露肚臍的黑底紅邊啦啦隊服，臉上的妝很艷麗，頭髮紮起了高高的馬尾，還灑滿亮片，黑暗的背景，小光簡直就像一顆耀眼的星，讓人捨不得移開視線。

「怎麼？平常我像男人婆嗎？對啦！我等等就要上場啦，我在右邊，你要注意看我喔！」

「哈哈！那還用說！聽說妳們練得很辛苦？」

「吼～跟你說，我們不僅要在室外吹冷風練舞，瀅瀅教練嚴格的勒！她常常說：「笑容呢？笑容呢……來！看我這…臉朝上四十五度…笑…牙齒要露出來！」不然就是「屁股…屁股勒？動作大一點啊！沒有男朋友的，趁現在啊！」小光一面學著教練的口氣，一面生動的模仿打屁股的動作。

「教練她兇起來很恐怖ㄟ，只要她手一叉腰：『我怎麼教妳們的？**我·看·不·懂**！我教妳們拍手拍在哪？這又是什麼隊形？那叫三角形嗎？再做不好就一直重來！！有沒有聽到？』她的氣勢足以排山倒海，南亞海嘯級的哦！」

「呵呵～經過這樣的訓練，雖然苦，又累，但我相信妳們一定會讓大家刮目相看的啦！」

「嗯～謝謝！我要準備上場囉！」

阿噹跟她揮了揮手，一轉頭就看到也鹿呦呦在人群中。此時瘋狂的信徒們開始躁動，表演開始了！

「讓我們歡迎去年的冠軍隊伍 —— 財法系出場！」阿噹眼睛一亮，財法系在歷屆的啦啦隊比賽中一直是佼佼者，不僅舞編得好看動感，整齊度更是一流，所以一出場就引起熱烈的犬呼和口哨聲。開頭衝出的是一隻充氣娃娃，肥肥的身軀，一蹦一跳跟洶湧的人潮互動，重心不太穩，連快跌倒的樣子都可愛！

接著耳邊響起了節拍強烈的鼓聲，原來財法系自己組了樂團當開場曲，果然創意十足！寫著 "CHAMPION" 的布條一拉開，身材姣好的辣妹跨步走出，青春、自信、笑容，把全場的目光都收束集中。女孩扭腰擺臀不用說，四肢擺出優雅的黃金比例，雙手畫出了完美的圓弧，夠猛夠力的定點動態感，讓大野狼一夥男生不禁讚嘆此生無遺憾！在力與美的結合中，觀眾身上的每個細胞像是吸足了飽滿的氧氣！後頭的特技組尤其賣力，一個女生霎時飛躍空中，好像耀眼的錦鯉魚兒跳出水面，一衝而上就是要稱霸冠軍！

「接下來出場的是 ── 應華系！」阿噹眼光很迅速的掃射到小光的位置，也注意到應華系啦啦隊中夾著唯一的一個男生，這也太幸福了吧！開頭的四十五秒放肆大聲的宣揚 Teaching Chinese As Second Language，媚眼笑容，就像蜜桃水果甜吱吱一樣。聚光燈下的小光，笑得很燦爛，好像把開心大口大口的吃進肚子去了，她的身邊突然開起了花，冒出七彩的泡泡，熱血的氣氛帶動了看表演的觀眾。跳躍、旋轉，劈腿，摻雜原住民音樂的胸部交錯那段最 hot 了，比滾燙燙的羊肉爐還帶味兒，忽然來個回眸一笑，頭髮在風中旋轉一百八十度，飄飄然好勾魂呀！女孩們自立自強的疊疊樂，嘴巴裂出大缺口笑容像微風吹啊吹出陣陣清涼。阿噹對她們的投入相當感動，小小的系，只要團結合作也有一片自信的天空！

　　「下一個精采的表演是應數系……」廣播和轟動的頻率把阿噹拉回現實，應數系在以往的比賽中也是厲害的角頭呀！土木系、化工系、企管系、會計系無不砸下重金，全力挺進前幾名的企圖心強烈，但面對應數系的表現，也不免要緊張幾分。阿噹的心思隨即被開場的堆疊震懾住 ── 這簡直是職業表演的特技！堆了三層的人牆，上層的女生傲然地金雞獨立，許多高難度的姿勢，讓各隊及觀眾都看得目瞪口呆。他們男生雖多，可是努力的扭動身體，腳步快轉、跳動，像燕子輕盈的空中翻飛，姿態優美極了！口號響徹雲端，動作整齊度百分百，男子漢把舞跳得如此生動帶勁，毫不彆扭的四肢在沒有阻礙的藍色背景中揮出大半個青春，連少女漫畫裡常出現的光圈點綴也趕來參加這場派對，表演實在是亮眼呢！

看完了一連串的啦啦隊表演後，阿噹感覺像是年輕了好幾歲，有種在天堂般中飄飄然的感覺，雖然冷風呼呼地吹，不過這些勁歌熱舞的確溫暖了周遭的溫度，還有得獎隊伍的歡呼震天價響。雖然土木系啦啦隊與優勝擦身而過，這當然令阿噹委屈抱憾，但應華系突圍得名，卻讓他欣賞了站在遠方的鹿呦呦的笑容，春寒回暖了。

　　「我就說嘛，春天早該來的，從鹿呦呦的臉上就看到了！」阿噹也笑了。

☒

▶ 教室、蒼樹、腳踏車，這校園不只是畢業生的，更是新鮮人的；愛新鮮人就當疼愛他們如同自己的手足親人一般。因為新人對於理想總有一股熱心腸，他們信仰簡單的真理常常甚於愛自己，那一片真愛是無來由的。

快門裡的夏天

11

中午十二點整。

「現在的時間實在不適合攝影。」阿噹心裡想著。他懶洋洋地坐在良善宿舍的會客室中，木質桌子上擺著一台他存錢存了好久才買到並視若珍寶的 Pentax 單眼反射式相機，以及一張他自己錄製的 CD。阿噹向來喜歡這裡，寬敞的空間，大片大片的落地窗，和穿透室內耀眼的陽光，空中充滿舞動的金色光點，光線在指縫與指縫間躍動，奪目而耀眼。其實，他愛的是那予人無限可能的希望。

強烈而粗糙是正午的陽光下所拍攝出來的效果，如果想表現出特殊的風景，不妨嘗試看看，但得小心，太陽光強烈的亮度會使底片曝光過度，必須小心的測光。或許可以利用閃光燈來增添前景主體的細部，用得恰當的話，可以加強夏日最特有的「炙熱」之美，但如果稍有閃失，畫面上就會產生一層令人厭惡的薄霧。

▲ 情歌、e-mail和攝影是現代阿噹的戀人絮語；老阿噹們大多數前往老郵局投遞他們的真情告白或綿綿情話。其實愛相同，作風不同罷了。

愛情的變化就像他企圖在攝影裡對光線的捕捉，稍有閃神就會失去美感。阿噹喜歡攝影時構思的寧靜，靜靜的等待、尋找，在最美的時刻按下快門，一個瞬間即是永恆。沉靜如他卻愛上熱情如火的太陽，明知曝光的危險，但卻如飛蛾撲火般奮不顧身。或許最後只剩下曝光或沒用了的底片？他不知道，也不願去想。其實，本來就該如此，年輕的生

命是不該去多想的。

　　他在等待。挑了個極佳的位置，從這片落地窗望出去就是教學大樓，那是鹿呦呦上課的地方。他真迷戀她，身上充滿好奇探險的因子，還有著一股缺乏世故的天真。快樂的能量總是影響著她的學生，她的笑容與活力就是美麗。她常說「生氣是一種浪費的情緒。生氣一分鐘，就要損失六十秒的快樂，不划算！」這想法真有趣，哈。

　　在還沒遇見鹿呦呦前，他對生命沒有想法，平常只是默默地玩著他的攝影。先是以 chaito 的名號在 mobil life 的網站上 po 了前後三彈的手機攝影作品，「心門」、「生命吉他手」等作品引起不少網友給予五個大姆指的最高讚譽，反映之熱烈，真是出乎他的意料之外，大家還猜他是不是唸心理的或哲學系的，誰又會想到那會是一個唸土木的菜頭呢？

　　是鹿呦呦這個老師燃起了他對生命的熱情，她對什麼事情都充滿興趣的入世觀，這不曾有的情愫從他心中竄起。她怎麼能對生命報懷著如此汪洋的熱情啊?阿噹想更了解她一些，因為她的存在，世界似乎有意思許多。

　　一道刺眼的光裏著個似女人的形體從教學側門走出，阿噹知道那是鹿呦呦，那圈光暈著鹿呦呦散開來，像是一團金紅色的火球。阿噹吃力著瞇起眼睛瞧，但那道光、那道窗阻隔著，他看不清她。

　　鹿呦呦推開門進了良善會客室。「嘿，偶像，可以給我一張簽名照嗎？你的勁歌快遞支支動聽ㄟ！寄個 damo 帶子去唱片公司試試看呀，獨樂樂不如眾樂樂！」鹿呦呦對阿噹露出她一貫的微笑，一抹發自

內心真誠的笑容，那是專業攝影師都難以捕捉的純真。突然的誇獎讓阿噹有些不知所措，也只能回以微笑。

　　鹿呦呦低頭看了看手錶，顯得有些匆忙。「嗯，真的很抱歉喔！等會兒我要開會，先離開囉。謝謝你的創作 CD，等你下一張傑作！」

　　「嗯，好啊！」阿噹目送著鹿呦呦離開，模糊的身影，漸行漸遠。

　　陽光依舊如此美麗，光線在會客室的盆栽綠葉上雀躍著，散發出濃烈的夏

　　日氣息。鹿呦呦的離開，使得空蕩蕩的空間更顯孤寂。

　　「我愛夏天！」阿噹突然奮力的大喊一聲，那巨聲充塞了整個良善會客空，空曠的室內傳回一聲聲渺茫的回音「我愛夏天！」停頓了一會，阿噹喃喃地說著「我喜歡妳。」他的嘴唇像是抿著，但是聲音卻在他心中回蕩啊回蕩，不斷擴大。

☒

► 一泓水，十棵樹，嬉鬧聲！林園有錢可以買，樹木卻非一夕長成；腳踏車可以換成大汽車，懷恩樓前不變的百年樹人。

12

熾紅的眷戀

　　如果你是從圖書館的方向來的話,你必然會被那火紅的楔形花瓣
震懾得睜不開眼,那種燃燒正熾的生命力,伴著清淺如綠紗的羽葉,搖
曳在七月酷熱的暑氣中,應上帝之言,那是祂派來見證夏天的使者。

　　「是嗎?」

　　阿噹盯著眼前的鳳凰木,想著鹿呦呦的話,想著自己從開學以來

就過門而不入的圖書館，他竟一點都沒察覺身邊這棵鳳凰木的存在，只覺得今年的夏天一天比一天熱。

「其實校園中會開花的樹不多耶！你發現了嗎？」鹿呦呦說。

「是喔……」阿噹不自在地乾咳了幾聲。最近老是這樣，只要單獨和鹿呦呦談上幾句話，便覺得口乾舌燥，一雙手也不知該往哪擺。這天恰巧在理學館前遇到了鹿呦呦，兩人距離僅短短兩公尺，莫非這也是上帝的安排，有幸可以陪她一段？

「春天可以看到的是從教務館到篤信大樓，幾株粉紅嬌滴的台灣原生種櫻花，夏天鮮豔的大概就是鳳凰木，秋天就要多繞到設計館前面的楓香詩園走走，一株楓紅一種風情！要是校園能再多些色彩就更棒了。」鹿呦呦邊說邊將手上沉重的資料換另一手拿。

「不過，能走在這樣的陰涼的大樹下也不錯呀。」阿噹作出手勢，表示願意分擔鹿呦呦手上的沉重。

「你說木麻黃呀？」

「啊？妳說這些樹叫木麻黃？」

「是的，別老是樹呀樹呀的叫他們，他們都是有名字的。」

「哈哈，我哪會注意這些呀！」

「這條林蔭大道主要是木麻黃還有白千層跟一些大榕樹組成的，木麻黃是一種很平凡無奇的樹，但是一旦數量多到足以成蔭的時候，她散發出的那一股陰柔之美是其他樹木所過猶不及的。」

「我還以為妳比較喜歡鳳凰木呢！」

「我是呀！鳳凰木像隱士一樣靜靜地引退了三個季節，只選擇唯

一的夏季奉獻出她滿腔的熱血，那種毫無顧忌的釋放，總是能讓人分外感動。」

「嗯，」阿噹一時接不上話，總覺得心頭憋著一口氣，以至於難以呼吸。

「那麼像這樣燦爛的鳳凰木和平凡的木麻黃同時存在的蘊意是什麼呢？平凡與不平凡的樹；平凡的人與不平凡的人？」

其實阿噹也不知道自己怎麼會說出這番話，可能是被暑氣給熱昏頭了吧。鹿呦呦只是笑吟吟的哼起手機鈴聲的歌：「寧靜的夏天，天空中繁星點點！心裡頭有些思念，思念著你的臉～」她開心地平和地看著自己眼前延伸的路。

夏天。

烙在心頭那抹不掉的紅色印記。

⊠

▶

那天意外撿到一隻雛鳥，清晰地感受到牠柔軟的頭蓋骨和彈跳的胸臆。呦呦期待牠能健康成長，她唸著陳克華的詩句給牠：「圓潤的歡喜也是完滿，傷損的遺憾也是完滿。」

13 水果茶 vs.卡布奇諾

皓夏vs.水果茶

我，鍾一鳴。外號阿噹，剛滿二十，胸懷萬丈壯志但身高不及一百八，目前口袋只剩五十元的土木系大二生。下課的午後隨著陽光的加溫，加上身旁無數二輪摩托車引擎帶給耳朵的音樂洗禮，一時之間，讓人有種令人暈眩的感覺。這就是現實，活生生的現實。人活著就不可能脫離現實。

我想我需要一杯水果茶。真的。

照例往大門口左側前進，經過兩家早餐店、與三對情侶擦身而過和一隻老是神經質地對著垃圾車狂吠的狗，我來到「吧士站」。

「水果茶嗎？」店員一如往常地問道。

「對！一杯冰的水果茶外帶。」我一邊掏出五十元硬幣一邊想哪天也帶鹿呦呦來嚐嚐水果茶。

夏夜vs.卡布其諾

我，鹿呦呦。三十更美麗，樂觀積極，但偶爾也會想偷懶。目前記事簿裡這星期還有五個會還沒開的應華系老師。往研究室的路上隨著夜晚的襯托，使路旁煥發出滿月形的氬黃燈光看起來倍感溫馨，像父親總是為我等門留的那盞燈。一時之間，讓人有種回憶起往事的衝動，這就是活著，真實的活著。人活著就逃不了回憶的羈絆。

我想我需要一杯卡布其諾。真的。

　　照例從屈臣氏的對面一直往前走，經過三家賣飲料的、與無數車輛擦身而過和一隻會過馬路的貓，我來到「諾曼」。

　　「一杯熱卡布奇諾外帶。」我說。店家的老闆娘是一對雙胞胎姊妹耶，這實在很特別耶。咖啡又好喝，改天應該請阿噹一起來。

驚喜

　　我向來就不是一個被幸運之神所眷顧的人，連對發票要中個兩百塊次數也是少之又少，所以，我選擇再度走向創世基金會的發票捐款箱，投下我神聖的一票。便利商店買不到水果茶，就算買得到，也沒有吧士站賣的好喝，只好隨便買罐寶礦力水得。說實在的，這裡真是好地方，既有敦煌書局又有seven-eleven，還有恩慈和良善宿舍。（請別誤會，我完全沒有圖謀不軌的想法），不過喝寶礦力水得是解身體的渴，看正妹順便可以解眼睛的渴，嗯，夏天真好。

　　「阿噹！」

　　「喔，是呦呦妳啊。」因為突如其來的巨響，連手中的飲料都差點掉了。

　　「對呀！我剛從『原味橘子』吃完飯出來，沒想到才從小側門進來就看到你在這兒。」

「幹嘛一直盯著我看？」鹿呦呦笑笑地也盯著我看。

「沒什麼，只是覺得今天妳很美。」原來女人把長髮盤起來這麼好看。些許頭髮順著髮際，沿著耳旁落在白皙的頸項間形成一道完美的弧線，不聽話地隨風輕飄，閃耀著粉色光澤的珍珠耳飾若隱若現，我終於明白東方女人的美是美在一種溫潤的韻味，不像西方女人以睫毛膏和亮光唇蜜取勝。

「你也跟我油腔滑調啊！來，邊走邊聊！」鹿呦呦邁開腳步往前走。

「我說的是真心話。」我依循著伊人的腳步也向前走。

到目前為止，在我進入大學校園的記憶中，那同樣平凡的每一天，同樣午後陽光的溫度，同樣有著落葉紛落如雨的路徑，

可是因為身邊多了一個人的緣故，讓我開始期待平凡中出奇不意的驚喜。因為像我這樣不起眼的木麻黃，也能擁有陪在鳳凰木旁的夢想。也許就是從這一刻開始，我竟然開始相信，也許幸運之神不是不眷顧我，只是祂不小心忘了我。也許也就是從這一刻開始，我相信我能在某人心中留下舉足輕重的份量。我相信我能在同樣平凡的每一天去期待一個驚喜。

鹿呦呦，我喜歡妳。喜歡的程度已遠超過我所預期。

「期中考考得如何？」鹿呦呦問。還以一雙誠懇、無邪的大眼直盯著我瞧。讓我聯想到卡通蠟筆小新亮晶晶的感動眼波攻擊。

「嗯……這……還好。」好犀利的問題，與她的眼神形成強烈對比。

「『還好』是好還是不好？」阿噹，我希望你老實說。

「就是，大概逃不過暑修了。」我無法對呦呦說謊。

「是工統還是水文？兩科都翻船了嗎？」鹿呦呦再問。

「嗯。」

「阿噹，答應我，一定要過。」

「啊？不能換簡單一點的嗎？比如說跳火圈之類的，這我就比較有把握可以『過』。」

「阿噹！」鹿呦呦沒好氣地說。

正當我急於分析其實跳『過』火圈比修『過』工統和水文學容易的時候，我的視線瞥到地上有一個不明物體，我不確定那是什麼，反正不是飛碟就是了。

「呦呦！妳看那裡！」

「阿噹！別想轉移話題，就算飛碟出現我也……」

「嗯？」很快地，呦呦的急躁被疑惑取代。

就在我倆兒同時對不明物體產生疑問時，隨著距離目標的接近，視線也逐漸明朗，那是隻鳥。我實在不曉得牠是什麼鳥，但是可以看出全身大致是以棕色和黑色為主，嘴喙額前以黑色為主，羽翼則夾帶點白斑。背部及尾部帶棕色，看來躺在這個地方有些時候了，原本睥視昂揚的眼神黯淡許多，透露出一種掙扎後的順服。哦不，是疲憊。

「阿噹，你快去seven跟店員要個紙箱。」

「好！」

我把紙箱拿來，再把那隻不知名的鳥放入紙箱，然後全身起雞皮疙瘩。

我很會摸魚，也愛溜狗，但超怕抓鳥。呦呦，男人也有害怕小東西的時候，妳一定不知道。

「去『阿哲的店』看看，聽聽寵物博士怎麼說。」呦呦靈機一動。

我們急促的腳步使腳下的落葉，連續發出沙沙的聲音，榕樹繁複的枝葉間，投射下來的碎光從我們的眼前掠過。一切發生得太快了，那是我依稀記得的幾個片段而已，現在我只是全心全意地希望那位意外的訪客能夠沒事。

☒

14 關關雎鳩

生 vs. 死

三天之後。

「還是沒辦法。」我洩氣地把樹鵲不幸死去的消息告訴鹿呦呦。

「這樣啊，」呦呦難掩落寞地說。

回想那天我們急忙衝到「阿哲的店」去尋求協助，阿哲說他店裡沒幼鳥食用的麵包蟲，建議我們到中山東路底那家鳥園詢問，最後還是呦呦開車找到專飼鳥類店家，我們才總算鬆了口氣。那隻雛鳥從高高的樹上摔下來，雙翅並無大礙，但是受了很大的驚嚇，我們也是這時才知道牠的芳名——樹鵲。雖然我依照店家的指示每四小時餵食一次，為了就近照顧還帶著牠去上課哩，最後還是沒辦法挽回牠的生命。

「盡力了就不用太難過。」是我的神情帶著自責吧，所以鹿呦呦才會這麼說。

「妳一向都是這樣嗎？自己難過得不得了還要安慰別人？」不知為什麼，我衝口而出。

「你在生氣？」

「沒有。」

「明明就有。」

「沒有。」

對話隨即被沉默取代。

「呦呦！人活在世上不過短短一眨眼的功夫，生死本來就不是人可以決定的，生命來自於死亡，即使重生也不過是另一個死亡的入

口。既然活著，就應該要誠實面對自己的情感，該難過的時候哭，該開心的時候笑，該愛的時候放手去愛，不需要在意別人的眼光，我……只是希望，呦呦，妳要讓自己快樂。」我一股腦兒地把想説、該説的話都説出來。

　　「我知道你對我非常好。」呦呦以她一貫的笑容對我説，嘴角像一道上弦月。

　　我要謝謝你，阿噹。

　　如果沒有認識你，我永遠不會知道自己不圓滿的部分是什麼。

　　「我這個年紀不會將愛情歸咎為『宿命』，我不認命！呦呦，我想牽妳的手，一起在人生的道路上走下去。」我接著説。

　　「愛情只有牽手到永遠這種形式？」呦呦這麼問我。

　　在我們結束這些話題之前和之後，綠繡眼「啾啾……啾啾」的清脆叫聲一直沒停過，在校園的某個早晨，我和我愛的人，徘徊在懷恩樓記憶迴廊上的對話。

　　通過懷恩樓的拱型門看過去的情景是這樣的：沿著白色的階梯順勢而上的是圖書館，旁邊再佐以羽葉飄逸如綠紗的鳳凰木，階梯上則是兩三個即將告別大學生涯的學生穿著學士服正在拍照。

　　今年的鳳凰木照例會開出鮮豔如血的鳳凰花吧！

　　畢業啊，説起來遙遠卻又好像迫於眼前。大學的日子呀，已逝去的會後悔，要是再重來一次還是會後悔。只能把握當下吧。我得加油把工統和水文修過，不然要是大二再重來一次，變成大三升大二就糟了。　　☒

樹鳥一家親

棲 vs. 家

那隻樹鵲，引起了我對鳥類的注意。因此我現在走路常常冒著一種可能跌個四腳朝天的「舉頭望明月」姿勢。不過現在是白天，所以我要望的不是月，而是各種形形色色出現在校園裡的鳥類。

有時候是全身包裹著黑衣如神秘怪盜的大捲尾，有時候是愁白了頭的白頭翁，有時候是戴著墨鏡裝酷的紅尾伯勞，更常見的就是麻雀囉，他們常聚在一起說三道四，吱吱喳喳個沒完，忙得完全不理會路人哩！其實在學校築巢的鳥類還真不少，偶爾我在懷恩樓上課還可以聽到綠繡眼的叫聲，清晨聽來真是有股神清氣爽的感覺。如果可以看到紅鳩的話那就更棒了，去年六月，我曾親眼在溼地松的樹上看過，那時是他們築巢孵蛋的時節，萬物與大自然的共同譜出的生命樂章真是叫人感動。

鳥棲於樹，我想就像人之於家的關係吧。

中原的校地並不大，卻有一種「家」的感覺。就好比如果我是在台大或中央的校園，我可能會覺得宛如置身於某個美麗的公園，但始終就是少了那幾分親切如「家」的安全感及歸屬感。

心所向處，便是家的所在。此心安處是吾鄉，呦呦常常這麼說。

而中原的「路中樹」也傳遞著「家」的溫暖。當年在規劃工學館週邊環境時，建築師秉持著學校「尊重自然與人性尊嚴，追

▲ 阿噹，你知道進入工程館前的誓約嗎？
我們勤奮的獻身於每一件工作，我們盡心竭力
與大地以及大地的靈魂齊步前行；我們歡欣的
迎接每一件工程的挑戰，因為這些工程讓我們
完成大地最深遠的夢。

求天人物我和諧」的理念，他們
刻意留下了這幾棵擋道的樹，而
形成特別的「路中樹」景觀。不
因個人方便，而犧牲掉個人所自
行定義為擋道的樹。路中樹的意
義，也代表了學校的教育目標，
正是瞭解人人各承不同的稟賦，尊重每一種性格、能力與環境的殊
異，仍能充分發揮個人潛力，就是成功的理念。

在學校這個大家庭中，天人樹鳥的朋友們共同生活在他們所
選擇歸屬的「家」中，同存共生、長榮成長。生命的和諧和意義就
在於此吧！走在中原的小徑，我一邊豎耳傾聽著許多清聆美妙的鳥
語，一邊繞過那默默傳遞著訊息的路中樹，這種感官以及心靈的多
重享受，真是「只能意會而無法言傳」的。

夏夜晚風vs.愛情

入夜後的中原是另外一個世界。

我騎著腳踏車，輕鬆的將手放開置於身體旁，由腳自由帶
動腳踏車輪的旋轉，那段從行政大樓往全人村的路上，有微微的
下坡，稍加快的速度，危險的刺激感，有一種「乘風歸去」的豪
邁氣魄。然後我放慢速度，調個頭從全人村往商社系館，途中
遇到小黑，牠並不亂叫也不狂追，只是亦步亦趨地隨著我在暗夜

中行進。

　　工學館前有棵樹，以前聽黃真棟老師說過那是棵芒果樹，可是從沒結過果實。我有點不安，我懷疑我的愛情會不會如同這棵芒果樹般，明明已深植我心，卻永遠開不了花，結不了果？我想，對一棵樹而言，結不了果是一種悲哀，對感情而言又何嘗不是呢？

　　夜晚的降臨讓二一鐘塔上的十字架顯得更加明亮，如果我是騎著鐵馬，只憑著一鼓傻勁和執著就妄想改變世事的唐吉訶德，小黑是我忠誠的侍從，那麼，那位急欲等待我拯救的美麗公主呢？鹿呦呦，我想見妳，現在，馬上。

　　我拿起口袋中的手機，閉著眼睛都能找到我最熟悉的號碼，非常幸運地，不用費力擊退噴火的惡龍，美麗的公主即將現身。

　　我們約在室設系的一棵大榕樹下見面，室設系的人好像管他叫「榕蔭被」，這棵老榕樹長得很好，如果換算成人類的年紀，我應該稱呼他一聲爺爺。樹下有一個木製的平台，兩者巧妙的成為一

◀ 呦呦，還有工學院家訓呢！
我們在心中抽絲織布，在愛中疊樑架屋，在所參與的每一項工程中，灌注自己的靈體生氣，小心翼翼的在每一個細微的環節上，全心全意的獻上自己。

體。既添些生活情趣又不失自然韻味，學設計的到底還是跟我這樣硬梆梆搞土木的人不一樣的。室設系之所以成為了我和呦呦經常選擇碰面的秘密基地，主要也是因為到室設系必經過一大片的楓香樹林。楓葉颯颯，清月高懸，能和一二知己在那散步實在是一件愜意的事。

　　我一邊哼著伍佰的「夏夜晚風」，一邊朝著我心之所向的鹿呦呦。

　　「嗨，先生。缺少咖啡因嗎？」鹿呦呦笑著將一個紙杯裝的咖啡遞到我手上，

　　「Cappuccino。很好喝唷！」呦呦坐在我身旁補充地說。

　　我倆兒並肩坐在一起，晚風徐徐，我的心卻很不平靜。

　　「呦呦，我常在想，要是我沒有遇見你，現在的我會怎麼樣。可能就是生活繼續擺爛，我不在乎功課，也不在乎未來，我從不想別人是怎麼想我的，連父母也管不了我，我想過去死，也想過人活著總是得做些什麼，但沒個頭緒。是妳讓我對愛有感覺，讓我學會在乎很多事，讓我對世上的某些東西放不下。我的生命好像有個開關，重考和大一那年，我關閉了所有對外感覺的通道，我拒絕了所有的一切，是妳幫我一一打開的。」我低頭啜了口咖啡，呦呦只是自然的將視線移往眼前，但是又不像只是單純地在看眼前的景物，我覺得她的目光好遠好遠，好似可以看穿一切。

　　「阿噹，好好活著，生命充滿意外驚喜！」

　　「我只是想告訴妳，我不想談那種『只在乎曾經擁有，不

在乎天長地久』的戀愛，我想要永遠陪在妳身旁，不是只有現在，所以我要健健康康地活著，這樣我才能繼續好好愛妳。」阿噹一臉嚴肅。

「還有一件事在我心裡放了很久。活了二十個年頭，沒有什麼事能讓我這麼不甘心、這麼不服氣的，只有『認識妳』這件事。比妳晚十年出生不是我願意的，但這實在由不得我。」我不禁埋怨了起來，雖然在這樣的好景緻中講這種話滿殺風景的。說了會後悔，憋著更難過，我選擇前者。

「不用不服氣或不甘心，我們能夠相遇相知，那是因為你是『阿噹』而我是『鹿呦呦』，沒有早一步，也沒有晚一步，剛好就遇見了。人跟人的感情，不講早晚、長短，而是講誠意正心的。」呦呦一改剛才的嚴肅，表情和眼神變得非常溫柔。

「我唱首歌給妳聽，伍佰的『夏夜晚風』，好聽！」現在的我心裡好平靜，應該說，鹿呦呦今天說的話讓我心安了不少。

接著我們有默契的相視一笑，然後我開始唱歌。

「你知道Cappuccino要怎樣喝才好喝嗎？」歌聲暫歇，而我一臉疑惑。

「不就是用嘴巴喝嗎？而且我已經喝完了。」我說。

「啊？已經喝完了？你還真是急性子，一點都不懂怎麼品嘗咖啡。」呦呦看起來有點懊惱。

「不然妳說要怎麼喝才好喝？」我滿肚子疑惑。

「Cappuccino是一種上頭漂浮著一層鬆軟泡沫乳，上面再灑以肉桂粉的濃縮咖啡，喝這種咖啡的時候，可不能一開始就把奶泡和肉桂粉給喝掉喔，要一直等到咖啡剩下最後一口的時候，將咖啡、奶泡及肉桂粉一口飲進，這時候口中三分是咖啡，兩分是奶

阿噹，你關心的愛情和我深愛的校風都是具有生命的靈物，既勉強不得，也非得之偶然。她們是美麗而動人的果實，卻不具形體啊！ ▶

.72

泡，再以舌尖頂著口腔的上緣由前向後滑過。這時候，肉桂的香味會整個擴散開來，形成非常特殊的味道，所以，最後一口的Cappuccino才是它的精華喔。」呦呦說得神采飛揚，然後大概是瞧見我一副有聽沒有懂的樣子，所以……

「來，喝吧。」呦呦把她尚未喝完的咖啡塞到我手上。

「喔，好。」我依著鹿呦呦的喝法，果然嚐到跟剛才不一樣的味道，不過，我想大部分的原因應該是出在那枚我和呦呦在咖啡杯緣上互相交疊的唇吻印記上。

「妳請我喝好喝的咖啡，那，改次我請妳喝水果茶吧！」我輕鬆地站起身向她提議。

「好呀！」呦呦的笑，像夜中盛開的曇花。

隨著夜漸深，人聲漸歇，我的愛情降臨如空中縹緲的星星，不為地上的人們所覺察，從夜裡亮了起來。

☒

▶ 阿噹，你不僅要探索飛翔的機身，還要明辨炮火的無情。我祝福你未來練達
人情，翱翔天際，與青春夢想乘風歸去；讓夢想青春在夜裡亮起。

16 戀戀愛樓

　　寫滿祝福的小卡掛在生態池前的「活花屏」上，五顏六色、隨風搖曳，像一隻隻正要飛舞的蝴蝶；嵌入地上的特製大棋盤、拼貼磁磚、水洗石子在在月光的照耀下散發出溫潤的光芒。

　　鹿呦呦不禁看得癡了，她沒想過室設系館的夜晚竟如此美麗。

　　「呦呦！」由遠而近的跑步聲在她身後停了下來，阿噹剎不住腳差點撞上她。

　　「這是妳要的資料，能找的我都找了，費了一番功夫呢！」阿噹氣喘吁吁，將一大袋資料遞給她。

　　鹿呦呦謝過他，打開袋子看了看，溫柔的笑著。「你晚上還留在系館？」土木系館就在室設系館的旁邊，比鄰而居，系館風格卻大不相同。室設愛樓有個學生自己管理的咖啡廳，學生常常在這裡討論、上課、練舞，一直窩到半夜，有時還聽到夜半的鋼琴聲呢。

　　「跟學弟妹討論一些事。」他在系館樓上遠遠瞧見鹿呦呦走來，顧不得討論到一半的事情，隨即飛奔而出，他不願也不想讓鹿呦呦等待。

　　「要進來參觀嗎？我可以幫妳介紹喔！」阿噹注意到鹿呦呦從剛才到現在目光一直繞著室設系館的各處打轉，似乎對此很有興趣。他大踏步往前走，順手拉了鹿呦呦進來。

　　「咦？」鹿呦呦雖然驚訝，但仍然隨著阿噹走進去，阿噹洞悉她的想法讓她吃驚，認識他越久，就越發現他細微的觀察力，看似一個粗線條的理工學院大男生，其實卻心細如髮。

　　「這是榕蔭平台，叫做榕蔭被・閑夢台。」阿噹指著入口處的大

平台，由木頭排列而成，製成一個特別的弧度，在平台右上方微微彎起一角。

「榕蔭被，閑夢台，晚涼天淨月華開。」鹿呦呦在心裡默唸著題在上頭的詩句，無法抵抗文字的吸引力。

站在榕蔭平台上，鹿呦呦往周遭望去，隨即被前方不遠處的一支銀白色柱子與一支老舊木柱所吸引。她走上前用手細細地觸摸那支獨特卻極為吸引人的柱子，柱上釘著許多粗大的螺絲釘，每個螺絲釘上幾乎都掛著刻有不同名字的白鐵片。風輕輕的吹拂，使得白鐵片撞擊在柱上，而發出低沉地匡啷聲響。她好奇地打量著這支獨特的木柱，發現一旁地上有著關於這支柱子的說明，蹲了下來，仔細地看，原來這是屬於室設系的創意呀！

「這是每年的畢業生雕刻的一支『方向柱』，願他們名字響叮噹，人生有方向。第一支方向柱是由八九級同學雕刻的，落成時貴賓和師生簽名紀念。」阿噹自顧自地說明了起來。

「哇！有意思。」看著這支意義非凡、造型獨特的方向柱，鹿呦呦忍不住地由衷讚歎。

老師，妳知道嗎？在我心中，也有一支方向柱，它指引我在茫茫人海中，尋找到那獨一無二的妳！妳可以懂嗎？妳是我人生的方向呀！一抹淡淡的嘆息自阿噹口中逸出，輕的連他自己都沒發覺。和鹿呦呦在一起，連空氣似乎都是甜的，他忙著汲取，像蜜蜂採著蜜。

往前走，來到中間的廣場，一個大大的比例人圖在舞池中央，「這個比例人圖是按照……」夏夜晚風徐徐吹來，散去一日的窒悶，阿噹

神采飛揚的解說著。他好不容易有和鹿呦呦獨處的時間，一分一秒都不能浪費，尤其在這氣氛極佳的夜晚，更重要的是，鹿呦呦沒掙脫握著她手腕的他。

也許今晚是個絕佳的契機。阿噹又指著旁邊一閃一閃發出亮光的圖，「這是『河圖洛書』，是從中國星宿圖上來的，各據四方的分別是青龍、白虎、朱雀、玄武。」

鹿呦呦頗感興趣聽得很專注，一顆顆燈泡閃爍，襯著阿噹高高低低愉悅聲調的起伏，她為眼前的景象而著迷。青翠的大草坪，圓環狀的花圃呈放射狀散出三條道路，一條通往望樓宿舍，一條通往入口處，另一條則通往室設廣場。每條路都有它應到的方向，通往不同的目的地，那他們呢？她跟阿噹之間築起的路又會通往哪裡？

「這裡，這是『雨水收集一字池』。」他們踏上椰橋，一字池橫在望樓宿舍前，像護城河般靜靜守護著。『一字墨池難盡書，雨水回收風雲事』，漂亮的題詩為一字池下了美麗的註解。另一邊則題著『窗前四桔芭蕉樹，又踏柳花過椰橋；橋頭師生樂無垠，閑聽荷風靜觀魚』。」

「妳猜，池子裡的水是死水還是活水？」繞個彎，阿噹帶著鹿呦呦走下橋，他們在一個仿中國古代庭園建築的圍牆邊坐下來。鹿呦呦開心的像個小女孩四處張望，她剛剛發現池子裡真的有魚，悠閒地游來蕩去，穿梭在水生植物間，還瞧見蝌蚪在荷葉下烏溜溜的游著，阿噹的介紹她反而沒仔細聽。

「唔，應該是死水吧！」她胡亂猜。

「答對了！那妳猜會不會有蚊子？蚊子咬不咬人？」

　　她偏頭想了一下，柳眉淡淡蹙起，「既然是死水，蚊子是無法避免的吧！」不過他們剛剛繞了那麼久，似乎也沒瞧見蚊子的蹤影。

　　「錯了，不會長蚊子喔！」阿噹得意的笑著，看著鹿呦呦疑惑的臉龐，他笑得更開了。

　　「妳剛才有看見魚吧！」看鹿呦呦點頭，他才繼續往下說：「蚊子會產卵在水池裡，就變成魚的食物，魚把它們吃光光，孑孓孵不出來，自然就不會有蚊子囉！而且也不用餵魚吃飼料，這才是符合自然生態呀！妳看，我們後面的那個小池塘就叫做生態池喔！」

　　「你怎麼會知道這些？」這些事她倒是沒想過，頭一回聽到，她覺得很新鮮。

　　「因為我厲害啊！」阿噹比了個勝利的手勢。老天保佑他，前不久他才因為好奇而問了他室設系的學伴，這些可要歸功於他學伴鉅細靡遺的講解，讓他在今天派上用場，要是他一問三不知，在鹿呦呦面前可就糗大了。

　　她但笑不語，心裡卻千迴百轉。她知道他們之間某種情愫正發芽擴張，迅速纏繞住他們，她來不及逃，而他則不想逃。她知道他越發越熱切的眼神暗示著什麼，他的一舉一動都在告訴她，一種屬於生物本能最原始的慾望，他敬她、愛她、卻同時也想擁有她。她也知道他一直都很小心翼翼，深怕破壞了維持在他們之間巧妙的平衡，他一向是個有分寸的學生，而他們之間也像跳舞似的他進一步、她便退一步，維持著世俗所賦予該有的距離，她卻漸漸在他的溫柔中迷惘。就像今天，她一通

電話，他隨即義不容辭的幫她
尋找資料，知道她急著要，不
顧自己忙碌，仍跟她約了時間
碰面，只為了立即交給她。

　　「嘿，發什麼呆？」阿
噹不知何時已繞到牆後，從牆中鏤空的圓窗伸手拍向冥想中的鹿呦呦。
「這道牆是竹月牆，『半輪新月數竿竹，千卷藏書一盞茶』，是仿中
國古代的庭園建築喔！」他故意怪聲怪調的唸著題詩，鹿呦呦剛才突然
地沈默，惹得他一陣心慌，不知道她為什麼事而困擾著，但他希望她跟
他在一起的時候，永遠都是開心地,笑著。事實上，這堵牆用座椅方式一
直延到合院入口，留下了信望女舍傳達室入口的紀念牆，以後可能成為
男生的哭牆哩！

　　她果然被他逗笑了，「好好的詩被你唸成這麼糟，下次罰你來上
國音學。」

　　「好啊，求之不得！」他巴不得再上她的課，只有在上課的時
候，他才能這麼正大光明的直望著她，而不用在意他人的眼光。他本來
就從不在意，但是他知道她在意，而讓她困擾是他最不願意見到的事，
縱使有再多的思念緊緊將他束縛，他也都隱忍下來。她一定不曉得他
有多在乎她，他辛苦的維持著他們之間，像捧著易碎的瓷娃娃，一刻
都不敢鬆懈，他努力了多久才有現在這樣的聯繫，鹿呦呦對他雖然還
無法完全敞開心房，卻也逐漸接受他在她的生活裡出現，這對他來說
不啻為一個很大的鼓勵，他們之間無論如何都禁不起一點碰撞，因為

他承受不住。

　　「今年暑假，望樓宿舍全部會拆掉，屆時將改為教室，這裡會成為『合院生態村』，將完全屬於設計學院。」阿噹停頓了一下又繼續說：「還有前面那塊林地，妳剛剛走過來的，它是『楓香詩園』，裡面共有九十棵楓香樹、以及數棵尤加利樹，邊界還有大榕樹、木麻黃、榕柏等樹，之後將改造為有綠蔭的人文空間。」他像一個稱職的導覽，盡職地解說關於這裡的一切。自從鹿呦呦跟他說過關於學校一些樹木的事，他也開始注意起來。

　　鹿呦呦忽然有點不懂他了，前陣子他不是對樹一竅不通嗎？還老是樹呀樹的叫他們，才過沒多久，竟有這麼大的轉變。他在她面前，從不僅僅只是擔任一個學生的角色，還有哪一面，是她沒看過的呢？她不禁好奇。

　　「妳要過去看看嗎？我很喜歡那裡面的氣息喔！」

　　「好啊！」鹿呦呦點頭，抱著資料站起身。

　　阿噹的手機卻在此時響起，他懊惱地接了電話，縮回想牽住鹿呦呦手腕的手。

　　草草結束電話，他滿是歉意：「老師，真的很對不起，學弟還在等我討論最後的結果，所以……。」

　　「是我麻煩你，真心感謝，我也要回研究室了。」她一如往常釋出和煦的笑容。

　　「下次、下次我再幫妳介紹其他的。」

　　「沒問題。」

「信妳所信，盼妳所望。」「那愛呢？」「我給妳。」這支設計學院和信望愛樓交織而成的旋律，我要擁著妳舞到最後一曲，而親愛的妳，請別抗拒。

　　他們並肩前行，走出室設系館外，到門口的時候，阿噹忽然蹲下來。

　　鹿呦呦停下腳步，正疑惑著，卻看見阿噹幫她把鬆掉的鞋帶重新繫上。

　　「好了。」他拍拍手站起身。

　　她突然心悸，一抹感動在她心裡化開，他果然仍是那麼心細、那麼體貼，總是會注意到最微小的部分，連她自己都不知道鞋帶何時鬆掉的。

　　「明天見，拜拜。」阿噹很有活力的揮手，雖然明天不一定會見到她，但是今晚他很快樂，鹿呦呦沒閃躲他的接近，這表示他離成功不遠了，不管如何，他相信這是好的開始，或許他也有一點點感動她了呢！

　　「明天見。」阿噹陽光的笑容總是令她無法招架，不知不覺也感染到他快樂的氣息。

　　室設愛樓，果然是個充滿愛的好地方呢！望著鹿呦呦遠去的背影，他快樂到想飛起來，從認識她以來，今晚是他最幸福的一夜吧！

　　生命充滿意外驚喜，他也這麼深信。

　　☒

17 空間創意魔法師

雨一直下。

淅瀝淅瀝的雨聲穿透窗戶，雨滴不停沿著透明玻璃滑落，一顆一顆似繽紛的眼淚。假日的午後，倏然地傾盆大雨，舒緩了夏日一向悶熱的空氣。

阿噹望著眼前的工數課本，嘆了口氣，扔下筆，將臉埋進課本裡。

「喂，親愛的，認真點好不好？」桌子的另一邊，是一位甜美的女孩，桌上散亂著素描紙，畫著幾筆未成形的設計。

「我累了。」阿噹趴在桌上動也不想動，這種舒服的天氣，最適合待在家睡覺了，為什麼他現在會在這裡跟複雜的工數搏鬥？他哀怨的撇了若綺一眼。若綺，他的室設系學伴，擁有無敵娃娃臉和甜美的笑容，笑起來時一對梨渦在嘴角若隱若現，煞是迷人。

她拿著筆戳戳阿噹的頭，又開口：「振作振作，你專心的時間還不到一小時耶！」

「妳以為我跟『拉普拉斯轉換』很熟喔！」誰說他專心得不夠久？他可是唸了快三小時的工數了，阿噹覺得他的腦袋已經像氣充太滿的氣球，再侵入一點點分子就會炸開。瞧瞧他對面的女人，不知道撕了幾張畫紙了，還不是沒有什麼像樣的設計出來。

「妳也一副悠閒的樣子啊，還說我？」他反駁。

「我是急在心裡，不然那些東西是怎麼來的？」若綺朝旁邊指了指那堆的像小山一般高的畫紙殘骸，天曉得她今天為何一點靈感都沒有，構思出來的東西卻無法真正實作。

「你們的基本設計課好玩嗎？」阿噹發問，其實他有時候也覺得做設計好像是一件很有趣的事，不過他的想法卻常常被設計學院的人推翻。

「你來玩一次不就知道了，上基本設計，有時候緊張到胃都抽筋。」她咬著筆桿，順手又撕掉一張紙。她對基設課又愛又恨，她很享受創作及作品完成的感覺，但同時也對太過強烈的質問膽怯，她還在習慣在老師嚴苛的詢問下，盡量清晰表達自己完整的想法。

「你們老師是誰？有這麼恐怖？」他遇過的殺手級老師不少，不過他倒是很少上課上到胃會痙攣。

「教基本設計的老師是程黎聿老師，自稱是『最年輕的成熟男子』。其實我還滿喜歡他的，除了在總評裡的他以外。」她覺得每個老師在總評裡，都變成虎視眈眈的獅子，想盡辦法要吃掉他們這些迷路的小白兔，而且還要在吃掉小白兔之前，捉弄他們一番，讓他們飽受驚嚇之後再被一口吞掉。

「他是一位很親切的老師，因為我們的基本設計課是採小組教學，全班分成六組，每一組大概七到十人左右，所以老師一定會認識全部的學生。他會直接叫學生的外號，像老師上課的時候就會叫我小綺，而不是叫我江若綺，這也是和學生拉近距離的一步。」

「所以，你們的基本設計課就有六位老師？」

「對，組員是亂數編排，沒有按照號碼分配。不過我覺得被老師教到很幸運喔！老師上課很風趣也很幽默，有時候也會跟我們聊一些他和業主之間的趣事，他最常說的一句話就是『這件事給我們什麼

啟示呢？』，雖然我有時候根本一點想法都沒有。」若綺吐了吐舌，雖然疲倦，卻沒人膽敢在上課時打瞌睡啊！

「那會有人睡著嗎？」

「當然不會，老師全程盯著每個人，誰會閤眼？打瞌睡他還會更生氣呢！他常說做設計千萬不可以熬夜，要早睡早起才是好學生。是啊，大家可都早睡早起，天亮才睡，九點上課，我們都是聽話的學生呢！」上大學前熬夜是苦事，唸室設之後她才知道，十二點前睡覺才叫做不正常。

「你們也太誇張了，哈哈，不像我們只有打電動才會到天亮才睡。」

「基本設計算是我們大一最重要的科目，因為這門課將決定你到底適不適合往設計這個方向走，老師每個星期都會出作業，幾乎每次都要做模型，這是為了訓練手工能力。噢，他出過一個很有趣的作業是畫我們自己，要用全開的紙畫，所以我畫過自己的裸體喔！他會從我們的畫分析質感、構圖等等。還有，別以為做了模型就可以交差了事，你可是要從第一步到最後一步都交代得清清楚楚，尤其老師最會緊咬著某一點不放，你越解釋不出來，他就咬得越緊，越要逼你說，這是為了要訓練我們的思考，一定要把每個細節都想得很清楚完備，不過，我常常被老師質問到無話可說。老師認為，做設計就是每一個步驟都得是經過設計出來的，而不是你高興這個塊體要擺哪裡就這麼擺；模型用的材料，也要解釋為什麼選用這個材料，其實設計是很嚴謹的一件事。」若綺吸了一大口可樂，一下子說太多話也是滿累的一件事。手中的紙揉成一

團，第十四張陣亡的設計，她無奈的嘆氣。

「對了，你們的系主任是一位怎樣的人呢？我覺得他好像是一位超級熱愛校園的人耶！假日常看到他在你們系館裡面。」阿噹幾次在假日時回土木系館做作業或是跟同學討論事情，偶爾會注意到這樣一個身影，一個似乎總是忙碌的身影。

「主任呀，怎麼說呢…？」若綺低下頭，玩起額前垂下的瀏海，「主任是一位很愛室設系的人，他把室設系當成像家一樣看待，所以他希望我們要愛護系館像愛自己的家那樣，我們私底下會叫他胡爺爺；他一直很致力於改造系館，像室設一樓大廳的咖啡廳，還有合院生態村的計畫，中原芳鄰的社區總體營造，都是胡爺爺的帶領下完成的哦！

「聽起來是一個很有活力的爺爺主任啊！」

「還有，主任一直希望我們室設系能踴躍參加學校的活動，不要總是封閉在自己的世界裡，其實我們對一些活動是不太熱衷的，像是運動會，應該很難把我們改造成像機械系那樣對大運超級熱血吧！」若綺皺眉，連她自己都很難想像那種情況。

「哈哈，又不是大家都要像機械系那樣！」

「在太陽底下跑步，這實在不是我們的專長，但是我們系也參加了啦啦隊比賽，還有母親節合唱比賽還得了第一名，穿著燕尾服盛裝出席的胡爺爺笑得才開心呢！」

「對喔，誰不知道室設系的招牌合唱『天下的媽媽都是一樣的』轟動校園？這幾年的母親節都是你們室設系和建築系的天下，以後記得當個好媽媽哦！」阿噹連忙豎起大拇指。

「你知道嗎？主任不是台灣人哩！但是中文講得很標準耶，他很喜歡一些詩詞，對文字有高度的敏感，他本身是外國學生，所以很能體會僑生的處境，他常關心我們系上的僑生，也會抽空跟他們聊天，談談生活和設計的狀況，這點讓我很感動。」當一位老師不只是傳道授業解惑，而是能真正替學生著想，這一點卻是少部分老師可以做到的。

　　「所以妳更要加油，讓主任發現妳這塊寶，哈哈哈！」阿噹大笑，順手揉亂她的頭髮。

　　「喂喂，幹嘛啦，沒禮貌！」若綺把他的手撥開，連忙從包包裡拿出梳子梳頭髮，她最不喜歡別人碰她的頭髮了，這個臭阿噹，等等跟他算帳。

　　「雨停了耶！」阿噹望著窗外掩不住興奮之情。終於停雨了，他可以回家了。什麼工數，先睡覺再說，他快累死了。

　　若綺則望著窗外發楞，離總評只剩下一星期了，該是全力以赴的時候，她希望能讓老師看見全新的感覺，看見她在這門課裡的用心。

　　設計，她還有好長的一段路要走。

⊠

18 重相逢

「老師，妳又上中原新鮮報啦！」阿噹的聲音從電話那頭傳來，雀躍地好像上了報的是自己一樣。

鹿呦呦一愣：「什麼？」她最近因為研究計畫而忙得喘不過氣來，已經好一陣子沒見到阿噹，當電話裡既陌生又熟悉的聲音震動著她的耳膜，她分不清這是怎樣的心情。

「妳忘了嗎？前台大校長喻肇中來訪，妳不是跟校長和我們土木系一群老師陪同參訪校園嗎？喻老校長四十年前曾在我們土木系教書。我看到新聞囉，照片上的妳很漂亮耶！我把報導寄到妳的信箱，妳要不要看一下？」

「真的嗎？好，我點看看。」鹿呦呦連忙打開電子郵件，找到信件，映入眼簾的是斗大標題：「**前台大校長喻肇中來訪 —— 回憶中原草創時期風土民情**」，隨信件還附上了當天所拍攝的照片。

瞬間，喻老校長經過歲月卻依然溫文不減當年的臉孔，清楚地浮現在鹿呦呦的眼前。上個星期，喻老校長的在他的學生─台科大陳順闐校長的陪同下，重新回到中原回顧當初的一景一物。

鹿呦呦想起那天，在全人村的會議廳因為一個意外失誤，反而讓她看見了屬於師生間濃密的溫情。由於當天的投影機無法播放，邢校長就親自蹲在喻老先生的身邊，操作電腦，為他介紹中原五十年來的成長和變化，從電腦螢幕上一張張當年的老照片，到現今的校園風情，點點滴滴，像一位謙和的後學正向他所敬重的父執輩説明他的奮鬥與理想，那樣不疾不徐的聲調，偶爾傳來朗朗自信的笑聲，似一道潺潺溪水，流過每個人的心上。那一刻，鹿呦呦受到感動與震撼，喻老校長的念舊深

情讓她震撼，陳順寬校長敬重四十年的恩師情懷讓她震撼，身為中原大家長的邢校長，像面對久別重相逢的家人般，那樣熱絡親切的招喚更是讓她震撼！她親炙深感的不只是學者和學者間的提攜敬重，還是一種屬於師生間，甚至更超越師生宛如父子般的敦厚情誼。

喻老校長已屆九十高齡，仍精神奕奕，席間發表他的所感所思，對中原創校之初的處境比喻為「海洋中一條冒險的船」，也帶來「Explorers」一書致贈給學校，另外喻校長還帶來民國四十八年到五十二年任教時的聘書留贈中原大學保存。

「最後，喻校長送了我們學校一首詩，『**中原初創歷艱辛，任教三載感受深，從此茁壯日日新，人才輩出揚名聲**』，而土木系則致贈『**功在土木**』的琉璃給喻老校長。」鹿呦呦眼前的畫面還停留在那天的大合照上，大家的笑容開心而含蓄。

「阿噹，你知道嗎？一位學者之所以讓人敬重，不僅僅在於他的成就，而包括他許多為人處世的態度，是那麼的謙和，將自己放在最謙卑的位置，如此，才更讓人敬佩。」他們都為她上了一課，一個她將會記得一輩子的課。

阿噹在另一頭似懂非懂的點點頭。鹿呦呦又何嘗不是呢？她所吸引他的，不只是她的學術成就，而是她對生命熱愛與關懷的心。

「老師，謝謝妳告訴我這些，我很愛聽妳說話。」掛上電話，阿噹忽然聽不見自己的聲音，鹿呦呦清新的聲音不停的迴蕩在他耳邊……，把自己放在最謙卑的位置、把自己放在最謙卑的位置……。

☒

₁₉ 新生盃籃球賽

　　夕陽的餘暉穿透體育館的玻璃灑落在籃球場上，黃暈色光線打落在認真攻守的球員，一個快速的抄截、漂亮的假動作，都顯得格外的專業和帥氣；場邊瘋狂的尖叫聲和整齊敲打的加油棒聲，更是響徹整個體育館。

　　今天的體育館是瘋狂、是緊張刺激、更是應數系和資工系系際盃的冠軍賽，場邊擠滿了來加油和觀賽的學生，阿噹和阿隆也早就聽聞兩隊堅強的實力而提前到球場找尋最佳觀賽位置。學校為了拓展籃球運動風氣，每年都會舉辦新生盃和系際盃來增加各系在球場上公平競爭切磋的機會，拉近彼此的差距。回想當初剛進大一時，阿噹就曾代表系上參加以研究生、大學生一年級為主的新生盃，曾經叱吒球場風光好一陣子，但是在前八強賽中卻因和對手激烈碰撞後，導致右腳嚴重拉傷，還在修養中的阿噹，下學期的系際盃缺席了，看著正在場上熱身的球員們，阿噹心裡對於籃球的悸動久久不能平復。

　　「嗶……」比賽鳴笛聲響起，主審裁判把球高高拋起，兩隊跳球員至中央跳球區奮力一躍，比賽開始。「防守，防守……。」整齊有致的加油聲在體育館內環繞，氣勢隨著球員如野狼似迅速又犀利的過人切入上籃而達到最高點，「哇咧！這個應數系的控衛也未免太強了吧！」阿隆吃驚的張開嘴久久合不起來。阿噹冷冷的回答他說：「他是小鷹，反應之靈敏迅速，單打突破能力強，但有時又會過於自信而失誤。」阿隆敷衍的點了一下頭又把目標轉移到場上了，「哇！這個高個子籃板抓的好啊！讚啊！」阿噹隨著阿隆所講的目標看過去，「他啊！是應數系的小巨人，步子快、彈跳力也不錯，但就是略嫌單薄，碰

到兩三個人守他或是接球以前被別人干擾一下，他就很難接到球。」此時比數在一來一往不相上下的攻守上逐漸逼近了，場內氣氛逐漸沸騰，加油棒越敲越急促越敲越大聲。「好緊張喔！現在比數是差四分，到底哪一隊才會贏啊？」阿隆已經等不及第三節的開始，全場的觀眾也都和他一樣急躁得像一群小老鼠嘰嘰喳喳聲不停。

　　「嗶⋯⋯」下半場比賽鳴笛聲響起，精采刺激、鹿死誰手的比賽就此展開。「喂！阿噹，你都不會覺得很刺激嗎？一臉很酷地站在那，你到底有沒有在看比賽啊？還是在想你的鹿呦呦啊！」「想你大頭啦！你才要專心看比賽。」阿噹不客氣的揍了阿隆一拳。「防守，守一個。防守，守一個⋯⋯。」計分板上比數又呈現平手狀態，兩隊支持的觀眾心急地如被火燒屁股的猴子，一直緊張興奮地跳起來；現在的局勢已經緊繃到最高點，一個小犯規或者罰球，都是給對手機會，每個球員無不像貓抓老鼠般的小心應對。「阿噹，你覺得哪一隊會贏啊？你打過新生盃也算是有經驗的，說一下吧！」「我哪知道？我又不是神。不過呢⋯⋯。」「不過什麼啊？快說啦！」阿隆一臉期待的模樣看著阿噹。「就我的經驗看來，應數系內線沒有很高的球員，因此常藉由一些假動作、傳切、走位、彼此衝撞能力帶給防守上的隊伍很大的壓力。至於資工系，有較穩的中鋒在裡面，所以他們投籃知道會有人在內線搶籃板，因此在外線處理球上會比較不穩定，太過於仰賴內線。」「所以結論你覺得哪一隊會贏呢？」「剩下五分鐘，答案即將揭曉。」阿噹賊賊地對阿隆笑了笑。「喔！你剛剛說那麼多有什麼用啊！氣死人！」兩隊在

這緊要關頭，極力發揮了自己的專長，攻守之嚴密快速，完全沒有喘息的機會，場邊的觀眾也坐不住了，紛紛起身瘋狂的為自己系上的球員加油，「防守，防守……。」「防守，守一個。防守，守一個……。」秒數逐漸在倒數，心臟跳的次數也越來越快，此時資工系的大前鋒抓準機會中距離跳投，進球！全場資工系球迷無不歡欣鼓舞，因為此時比數已被拉大到差距六分。眼看著冠軍獎盃即將進入口袋，資工系的後衛快速運球向前，甩開對手過人上籃，進球！

　　「嗶……」鳴笛聲響起，比賽結束了。「最後的結果不論誰輸誰贏，最重要的是大家對於系上的向心力、認同感又更深厚了，球員為自己的團隊增取榮譽而打拼，為自己喜愛的運動而努力堅持，這樣的信念就已足夠了！」阿噹在心裡對於這次的比賽下了一個這樣的註解，他也暗自對著遙望無際的星空發誓著，「我一定會再一鳴驚人的回到球場上！」

⊠

▶ 啟動、奔跑、跳躍，籃球場上，畫出美麗曲線。空氣、流動、汗水，活動中心，學生的駐足點。歡迎光臨，這裡特賣年輕！

20 穿梭幸福街

　　想到今天下午約鹿呦呦這個週末一起去吃飯卻被「不想出門」這個藉口拒絕，心裡就覺得悶。她到底會不會喜歡我？或許該說，她到底有沒有喜歡我？唉，煩死了，為什麼每次都會被鹿呦呦左右我的心情，整個腦子都充斥著她的身影，一天到晚想著她到底對我是什麼感覺，我到底還算不算個頂天立地的大男人啊？

　　不知不覺，帶著裝滿思念鹿呦呦的思緒，我走到了那個巷口，心猝不及防的被揪緊了！我一動也不動地，站在晚上九點鐘、被昏黃路燈照耀下仍顯模糊的路牌下──「幸福街」。

　　「幸福街」？多麼溫馨的名字，唉，我也好想在這一刻擁有幸福。彷彿有人在街的另依端呼喚我一般，我不由自主得緩緩踱進巷子裡，想一探究竟，想知道鹿呦呦會不會在另一端等我，多麼可笑的想法，怎麼可能呀？！

　　夏夜的風，吹得樹影搖晃，我步伐緩慢走近這條幸福街。幸福街裡的建築採洋房式的設計，在這附近滿滿都是公寓式建築的社區中獨樹一格；三到四層樓高的房子，最上

▲　向左、向前、向後、向右，踏落一地楓香葉，哪條才是通往幸福的道路？
　　我們總不停的向前追逐，回首，才發現幸福原來只在不遠處。

層的陽台還覆蓋了童話般可愛的磚紅色屋瓦，每一戶人家都有小院子，有的人家在裡面種了些花花草草，有的人家放置了像是野餐的桌椅，感覺這條街道實在是名符其實的「幸福街」，處處洋溢著溫馨的氣息。

吸引住我的除了它的外觀，還有它那寧靜、安祥的氣氛，彷彿在這裡，可以稍稍安撫今天下午被拒絕的難堪。它如同世外桃源一樣悄悄地隱身於這大學附近吵雜的夜市帶，每一家透出窗外的燈火都像是賣火柴女孩的夢境一般夢幻，整條巷子乾乾淨淨的，好像連柏油路看起來都比別的地方光亮，偶爾傳出來的鋼琴聲更是畫龍點睛地強化了這一條巷子的美。這裡，就好像是一個秘密的安樂國，所有家庭住在這裡都能得到幸福，就如同它的名字一樣。

「幸福街」的這一端，我找不到鹿呦呦的身影，卻勾起了我埋在心裡深處的情感，哈，或許是人在外面受到了挫折時，就特別容易想家，想到爸爸不好笑的冷笑話、想充滿媽媽的味道的晚餐、想著，好多好多……。

曾經，對大學生活充滿了憧憬，經過了超過六年的埋首書堆、父母的耳提面命、聯考的壓力……種種，大學就像是一扇通往自由的大門、嶄新人生的開始。當我收拾行囊，準備要到另一個不叫做台北的城市裡生活，這對一直窩在家庭保護傘之下的我是一個完全不同的體驗，媽媽不斷地碎碎唸著我該帶什麼、忘了帶什麼，高了八度的嗓音顯出她的慌亂；爸爸並沒有特別表達什麼，但是被他握在手中、

頻繁的換台遙控器，似乎正在替一位內斂的父親，呼喊著對子女離家的掛念。

　　現在，上大學的新鮮感已經退去，曾經嚮往的自由唾手可得，但是課業沒有興趣，朋友間無法深談，以及面對一段可能一輩子得不到回應的感情，日積月累地慢慢匯聚往一個方向：我好想回家！

　　看著幸福街的縈白的街燈，發亮的柏油路，家家戶戶透出昏黃的燈光，我的腳步定在原地，好像突然看到已經二個月沒有看到的爸爸媽媽、腦中浮現的是我家斑駁著紅色油漆的大門，好像聞到了媽媽煮的菜香，迴蕩著的鋼琴聲彈著彈著，似乎是一首在訴說鄉愁的歌。

　　唉，這是我今天嘆的第幾次氣了？真搞不清楚我今天到底是怎麼了呀？不是瘋瘋癲癲才該是我的本性嗎？何時我也有詩人的多愁善感了？戀愛果然會搞瘋一個人！

　　☒

◀ 那是阿嚏的癡、悠悠的真，落在幸福街上，開了滿地色彩繽紛；落在工程館前，是捨不得捨掉的緣。

21

聽！靈魂的跫音

　　殘餘的淡藍染著粉橘及微微泛紫的黃昏天，營造一種綺麗的美感。過不久，天就全黑了。

　　夜間的校園為一縷縷幻夢的微光繞著，浮淡的煙氣瀰漫出異於白晝的澹泊，一絲絲恬靜的氣息夾著灰塵飛旋在空中，石磚路散盡了落花，地面像一個大大的花籃。並列的低矮花叢背後是古樸的科學館，淡雅的建築風格在路燈照射下顯得彩光流溢。館內的巨柱橫切過樓層，簡潔有力，富於傳統美而簡約的設計風，盛放祥和的溫馨氣息。

　　一群大男孩從台階緩緩步下，夾著一陣陣歡騰的喧嚷，說說笑笑走出科學館，淺棕色的牆身，旁邊是一長排的草徑，他們走在一對情侶後頭，女孩粉白的裙邊裝飾著藍絲線，薄薄的杏黃紗棉衣衫，公主的年紀，多彩的耳環，閃閃地迷惑著男孩們的心，男孩黑色球褲配深綠色上衣，展現他壯碩的運動型身材，他們站在後面腳步放慢了一些，一陣風掃來，他們的心都有一些騷動。

　　「阿噹，你真是武功高強，在他面前還有辦法睡那麼熟。」大野狼又調侃他了。

　　「上他的課能不睡的人，才有絕世武功！」大家點頭，顯然心有戚戚焉。

　　「噹ㄟ，最近還寫歌嗎？看你都無所事事閒晃閒晃ㄟ！」

　　沉默。

　　「不會吧！年紀輕輕就江郎才盡了？怎樣，跟我去聽音樂會吧！」還是大野狼。

「你覺得我們是會進音樂廳的人嗎？偶有那個氣竹（質）嗎？」群樹飄來一股果實的清香味，小春的嘴角汲取的是一杯梅子綠。

　　「是小紅帽找我去的啦，應外系的小黃帽、小花帽、小圓帽也都會去哦！」大野狼似笑非笑地說。

　　「我剛好缺一頂帽子！」

　　「偶的專長就速挑帽子！」男孩們態度大轉變。

　　阿噹看他們的模樣也忍不住笑了，但他那一雙廢棄古井般的寂寥雙眼，仍舊盪漾著深不見底的幽光，像騰起的夜霧。

　　「噹ㄟ，換一頂帽子戴戴看吧！」大家都喜歡作弄隨和又執拗的他。

　　其實他心中也有種深切的懷念，他也好想藉著悠揚的樂音釋放他囚徒般的心房。

　　活動中心音樂廳前貼著的海報因絡繹的人群經過而顫動著，像一個飄揚的夢。豔紅的海報底色，用濃黑色寫著大大五個字 ──「教職員詩班」，成立於一九六五年，深藍的字寫著巡迴路線走過了監獄、學校、教會、廣場、育幼院、災區，他不懂，繼續往下看才明白詩班幾乎唱遍世界，那些地方都曾留住他們的歌，創造許多莊嚴帶著喜樂的宗教性時刻。音樂廳具有現代感的外觀，細緻的精巧佈置，俏皮、舒適又帶點浪漫風情，人群魚貫進入暖色調的廳內，日式天花板的暗灰色澤陪襯木板的棕黃，風格繁複的廳內浮散著藝術氣息，直到歌者排排站好，喧囂人聲才漸漸靜寂。

阿噹穿著暗藍牛仔褲和灰色上衣，蒼黑色的慢跑鞋破破舊舊，簡單的穿著卻襯出他不羈的天性，銳氣十足的面容，是挑戰性的神色，他眉梢間有股冷鬱的氣息，但更正確地說，是一股脆弱的無依感，彷彿不好親近又彷彿無爭。他和一群朋友們坐在左下方靠近舞台的位置，忽然在貴賓席上瞥見一抹修長的身影，珍珠白的膚色有一片剔透的晶光，紅線打褶的裙擺增添了古典味，淺藍上衣看起來觸感極佳，裙上的碎花紋飾襯托出她的嫻雅氣質，那雙清亮的眸子是他所著迷的，呦呦式的美。

　　撲通一聲，他瞬息沉沒。

　　輕快的曲子開啟了詩歌之夜，歌者陣容盛大，歌曲如玄妙的天籟，指揮者克老師必定是一代大將，數十年來的詩班，也只有靈魂核心的他揮動得起一場又一場熱情壯觀的演出。台上的演唱者全身隨樂聲舞動著，臉上煥發飽滿的愉悅之光，嫻熟的歌曲將充滿愛的心靈化成活潑的音符。台上入了迷地唱，台下入了迷地聽。

　　阿噹喜愛那歌聲帶著甦醒人心的豐沛感情，也只有美麗的詩篇樂音可以撫慰他滾滾翻攪的心。他偏頭瞅了一眼鹿呦呦，那專注在歌聲裡的側影，竟有地老天荒的沉寂。傳來的陣陣歌聲縹縹緲緲，吟唱著如他昨夜的甜夢，歌聲拉引夢魂，是他對她不能忘懷的牽掛，還是教他無私放下的覺醒？

　　台上指揮的克老師是個熱愛音樂的老頑童，也是優雅的藝術家。學校的教職員工都知道他對於詩班永遠保有的幽默赤子般的童心，排練時的要求就又如同藝術家對於作品表現必須追求善美。修長的身形，銀灰霜光的髮絲，炯炯的雙眼，翩翩地彎腰致意，他一上台便是美好的開

場演出。他輕嚅囁動的嘴型，好像正對手足的團員喃喃細語；他如有神在的背脊與雙手十指也像從容的大催眠師，引領台下聽眾的心靈意識進入美妙的音樂之夢。四起的音浪，在耳際，在腦海，在心田上流漾回盪，傳唱中的「誓言」、「躺臥在河邊」，如同順服的歌詞，使聽眾的「心靈再也不掙扎，永遠不掙扎」。

　　此時舞台的光亮映現在坐在貴賓席上呦呦的側臉，他覺得他的心在歌聲中激盪出澎湃的感情。樂聲漸低漸弱，流淌下的是點點滴滴微微的感傷。剎那間，掌聲四起，阿噹按捺不住洶湧不息的淼淼情思，他不禁自問：「他們為何叫作詩班？」 是他們齊唱著聖詩的歌，又如同吟遊詩人的心靈輕鬆自在？

　　謝幕時刻如凝定在分秒間，克老師讓他印象好深刻！歲月的刻痕，在他的身上散放的是儒雅的風範，柔情卻堅毅，謙和但英勇，五官分明的臉部稜線彬彬貞定，奕奕的眉宇神態端正自然。他給人火車頭的感覺，老遠就能望見他吞吐著歷史煙霧，穿梭時空座標緩緩駛來。聖詩為人生帶來愛與希望，他的愛與希望呢？就要乘著靈魂的跫音去發聲了！只有熱愛生命的靈魂，才能為世界創造感動吧！

　　模模糊糊的浮影現在他的臉上，阿噹被感動了。

　　「他們是專業的演唱家嗎？」一生能聽到幾首歌感動的歌？他急切地問。

　　「他們很出名耶！」大野狼以自信的口吻說，「他們都是我們學校的教職員啦，第一排左邊第三個是小紅帽的系主任，最上面那排最右

邊那顆電燈泡是工工系的老師。怎樣，震撼教育吧！」

　　總有一些歌聲穿過時間洪流，讓人驚奇心悸！當音樂會結束，人散了，他還困在歌裡頭。音樂跟愛情一樣都讓他迷戀，縈繞在心頭的歌與情都是刻骨銘心的感覺。突然間，他看見她隨著喧鬧的人群走出音樂廳，他升起的濃烈失落感如風車受強風吹動，不由自主地轉轉轉。

　　她始終沒有發現他。

　　她向來擅長錯過嗎？

　　他常常在想：「當她試著以二十歲的角度去感受世界，會發現有人正以三十歲的目光凝視著她嗎？」

☒

在狹長的幽徑上，阿噹不停地踱步和揣想。他想要打開心中的那扇門，追逐偉大的愛情夢想，同時也豎起耳朵，細細諦聽靈魂的跫音！　▶

22

醉行橘紅路

　　答　答　答，enter，存檔！

　　「呼，總算完成了！」弄了三個多月，又連續熬了好幾個晚上，鹿呦呦終於把「海峽兩岸華文研討會」的論文趕出來了。她看看手錶，晚上八點半，雖然還沒吃晚飯，寫完論文的成就感倒是讓她不覺得餓。沒什麼食慾的她，有了到校園走一走的念頭。

　　夜裡，橘紅的燈光燃亮校園的每一花、每一草，每一景，每一物。風聲颯颯，樹枝搖曳有致，蟲鳴應和有韻，呦呦緩緩的走著，沉浸在如此美麗的夜色中。「戶外果然比研究室舒服多了！」呦呦深深吸了一口氣。

　　走到行政大樓，七彩的跑馬燈轉呀轉，除了準確地為大家提供重要的活動訊息，也為清涼的校園夜晚增添活潑的氣氛。再往前走到大草坪，鐘塔上的十字架發出清亮的白光。商學院旁邊的小水圳傳出淅瀝淅瀝的流水聲，這來自石門大圳水脈的分渠，像微血管似地散佈在校園中，來自地底銀鈴般地清脆水聲，以及來自天上的十字架光芒，悅耳的鐘聲響起，呦呦不覺地醉行在橘紅路上。

　　突然有人在她肩上輕拍了一下。哈！是「不鳴則矣，一鳴驚人」的阿噹。

　　「你嚇到我了！」鹿呦呦對著阿噹說。

　　「對不起對不起嘛，我怎麼知道妳這麼膽小？」

　　「我膽小？我哪裡膽小？」呦呦不平的說。

　　「好好好，妳不膽小。對了你看，這是中原附近有名的龍門凍

圓，很特別，你吃吃看！」阿噹把手上的提著的塑膠袋遞給呦呦。

「對我這麼好啊？」呦呦有些受寵若驚。

「是啊，妳到現在才發現？」阿噹說。

「好啦，我們找個地方坐下來一起吃吧！」

「去坐科學館旁邊的石椅好了。」兩人很有默契的往科學館走。

一路上，阿噹望著眼前模糊不清的路，感覺就像是他的遠方，一切都像未知數；而鹿呦呦則是感覺自己強烈的心跳，是真餓了，還是真愛了？她也猜不透，理不清。

三分鐘後，他們在科學館右邊轉角處的樹蔭下停下來。鹿呦呦小心的打開阿噹買給她的點心。

「妳看，這裡面有仙草凍、抹茶凍、黃色凍圓、薏仁、紅豆，還有一些奶精。」阿噹向鹿呦呦介紹著龍門凍圓。

「為什麼要淋上奶精啊？」鹿呦呦臉上滑著雨滴，聲調充滿了不曾減少的興致與疑惑。

「奶精好啊，白色雪霜似的可以增加視覺美感，濃醇香潤可以調味。把它倒下去，會讓凍圓的色香味都起變化，就像把所有材料的菁華重新做一次整理，發揮最好的口感。」

枝葉繁茂自成一個框，圍成時間的領地，一個
世紀踏塵而過，凝止的空氣氤氳著寂靜空無的
灰白，如戰後的國土惶然悲涼，我們注定變成
說書人，遙望昔日，看守歷史，展望未來。

「而且呢，奶精對凍圓的重要性，就像是妳對我一樣，獨一無二，絕無僅有！」阿噹笑嘻嘻臉龐上，有著一股堅定的神情。

　　「這樣你也能比喻？真是服了你！」鹿呦呦表面上顯得十分平靜，內心卻起了陣陣漣漪。

　　「好吃嗎？」阿噹收起搞笑的本領，認真的問呦呦。

　　「好吃，很好吃！」呦呦又舀了好大一口仙草凍往嘴裡送。

　　夜晚的校園沒有白天的喧囂吵雜，也不像白天一眼就可以望盡校園的每個遠景或小角落。黑夜，安靜之外另有一種神祕。阿噹和鹿呦呦彷彿就是受到夜色的神祕力量牽引，毫無心防地天南地北聊起來，有說有笑，開開心心。

⊠

▲ 阿噹之歌：大鐘噹噹撞我一記一記，擊響多情年少夢中戲，半空波盪宇宙秘密，空空意念頓失記憶，難道我是半生不熟的穀粒？

◀ 群樹立地成涼亭，噹仔說：我在裡頭等妳來。天與地彷彿旋著一縷藍煙，穿草坪越泥地，遠樹縫合成一團綠。品歲月，嚐美味，我們以文為大草坪蓋暖被，祝，好夢。

妳從橘紅路上走來，月光在妳身後
曳了一地，我們並肩在石椅上看星
星，繾綣柔情，似凍圓和奶精，絕
美的默契：一個癡心的我，一個獨
一無二的妳。 ▶

23 星寄沐樂

　　一個微風徐徐的夜晚，校園裡依舊燈火通明。

　　鹿呦呦正專心的準備著報導文學的教案，閱讀如同她完美的情人，在不同的面向與她呼應著、對談著、觸動著，釋放著她不同的心情與性格。阿噹曾在她的研究室裡偷偷地注視過她，認真的臉龐散發出幽幽的書香氣質，一種令人心悸的氣息，那一刻，在小小的研究室中，他感覺這是屬於他和她的空間。

　　「或許別人看不到妳的好，可是我看得到」，阿噹想，「這樣深刻的感覺，我心裡清楚得很。」一年多了，有時他想放下心上的她，還曾經要故意冷淡對呦呦的感覺，「其實也沒什麼了不起，不過就是一個漂亮的老師而已。可是，我還是天天想妳，非常確定的是，我真的很愛妳。」

　　阿噹推門進了研究室，鹿呦呦抬起頭來，露出一抹甜的微笑。

　　「走！別整天埋在研究室，天人物我的大道理不是在書本紙堆裡整理出來的。我帶妳去靠近天人物我，一個可以享受星星的地方！」阿噹拉著鹿呦呦起身。

　　「去哪裡啊？大學生，我不像你這麼閒情逸致！」

　　「那地方不像妳做學問需要追根究底！妳不是常勸我說別在夾縫中生存？怎麼就吝嗇給自己一個寬闊的空間？」阿噹按下電梯向下的按鈕。

　　來到全人村的三樓，電梯門一開，阿噹便大步地走向前，鹿呦呦慢慢地跟在後頭，直到站在連結北棟與南棟間的橋上，阿噹突然回頭開心地對鹿呦呦說：

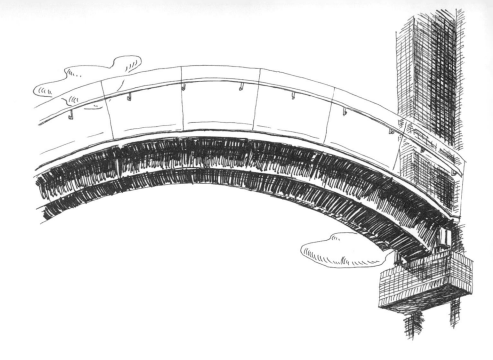

.106

「妳看！這像不像鵲橋？牛郎與織女在橋上相會？」

「牛郎織女不會天天見面！」

「所以我們比牛郎織女幸福啊！而且啊，」鹿呦呦不理會阿噹，逕自走到橋中央往上望，享受晚風吹拂在臉上的清涼。

阿噹只是聳聳肩，走到鹿呦呦身旁，「我來出個謎，妳知道那是什麼嗎？」順著阿噹指的方向望去，正是「沐樂廳」。

「這算謎啊，只有你說得出來！那是沐樂廳，是為了紀念機械系許國平老師的孩子 —— 沐樂而命名的。」

「喔？！真的啊？我常去那裡看各種攝影和美術的展覽，就覺得『沐樂廳』取得很藝術，直覺這些新的廳館命名大有學問在啊！」阿噹對自己出的謎題產生了興趣。

「許國平老師曾是我們學校最年輕的學務長，卻常常調侃自己像漫畫『老夫子』，在機械系綽號倚天劍，常常笑容滿面的。我第一次見到他是在學校一場新進教師座談會上，是很親切隨和的人。他那一次在

◀ 天使有一顆純潔的心，在愛的頌讚中成長。他也用無私的大愛，默默地守候這座校園！

座談會上還以吉他演奏「愛的羅曼史」，旋律一出就讓我們這些新進老師安可聲不停。他說手上的那把吉他是他太太在結婚十八週年的紀念日送給他的禮物，你只要看他有多細心在呵護那把吉他，就可以想見他有多疼老婆，才不是他嘴裡說的『這把吉他是天價』，是他們的真愛無價吧！」

「那沐樂怎麼了？」

「唉，生命的短暫如同花開花落，讓許老師這位恩慈的園丁來不及伸手呵護脆弱的含苞花朵。沐樂是他的第二個孩子，兩年前沐樂在家附近玩的時候，意外地被倒塌的磚柱擊中，那年，沐樂才七歲……」鹿呦呦凝視著遠方，天上閃爍的星星，就像是純真孩童靈動的雙眼。

阿噹望著呦呦的髮絲，夜晚薄涼的霧氣襲上橋面，他懷疑自己身上沾溼的是不是那對親子無緣的淚水？腦海中突然浮現成長娃娃學步的搖擺身軀，沐樂現在應該是在天主身旁快樂嬉戲的天使吧。

看著鹿呦呦的臉龐，阿噹想說些什麼卻不知從何說起，只好默默

好多格子迷宮啊！圈限迷惑了多少個日夜；好多扇窗啊！遞送默許了多少盼望的眼神。即使明知一切都會消失，仍願意笑著去追尋去夢，人生的形狀會一格一扇漸漸清晰呈現。

地陪她看著遙遠的星空。

　　鹿呦呦察覺到阿噹的沉默，轉過頭說：「生命的意外，才是凡人最難解的謎，對不對？」

　　「嗯，是啊。不過牛郎織女也是一年相會一次，他們的愛卻能跨越時空座標，傳到現今呢。現在『沐樂廳』展出的都是美好的事物，就像許老師一家人可貴的親情愛意，也在沐樂廳延續散播著，多好！全人橋連著天、人、物、我，看似好遠也好近啊。」

　　阿噹看著鹿呦呦笑了笑，「天涼了，走吧，我請妳去吃元氣紅豆湯！」

　　◇

▲　沐樂！沐樂！沐浴喜樂中，孩子，你的臉龐如煙火爆亮在永恆夜空，一朵燃起來
　　的玫瑰之眸，暗夜裡兀自輝煌，最藝術的一剎那！

24 紅豆絮語

只有一個原因，因為他知道她愛吃紅豆，所以愛上王菲唱的「紅豆」。

本來只是因為這首歌名叫紅豆，所以才聽，沒想到阿噹越聽越有感覺，趕緊上網抓進隨身碟中，打算帶去給呦呦聽聽看。

他知道她很早就會到研究室，自己也只好破天荒起個大早。買了兩份美而美的早餐拎在手上，呼吸著打盹的空氣，從麥當勞校門走進去。

「早餐宅急便，全人村一樓，給最認真的鹿老師！」

等著呦呦下來的這段時間，阿噹繞了繞全人村，才發覺別有洞天。這是一個ㄇ字型的大樓設計，上空是用來互通南北兩棟的全人橋，而一樓中間有一座水池，裡面有許多鵝卵石及穿梭其間的小魚兒！找到一個陽光還沒照射到的角落，阿噹在水池旁邊坐下來。

不久，他看見呦呦一步步以輕柔優雅的步伐邁向他，清晨的微風吹拂在水池邊陰涼的角落，他的心中卻有股熱情在心中漾開來。

「早起的鳥兒有蟲吃，早到的老師有早餐吃？」她笑著問。

「早餐要營養，心靈也要滋養！昨天聽到一首歌還不錯，想趕快讓妳聽聽看」

阿噹把隨身碟遞給她，替她戴上耳機，按下play鍵。他專注的盯著她那不著歲月又惹人憐愛的小小臉龐，期待著她的反應。

「有時候，有時候，我會相信一切有盡頭……」她忽然輕輕地哼起了歌。

「妳會唱喔？」

「我很愛這首歌呢！」呦呦一抹微笑淺淺掛著説。

「歌詞雋永，那種似乎沒有天長地久卻又盼望細水長流的感覺，王菲詮釋得很細膩。」

「喔……。」正當阿噹覺得小失落，呦呦把一邊耳機戴到阿噹的耳朵旁。

「一邊聽一邊吃吧！」一陣涼風吹來，呦呦對阿噹説。

阿噹邊聽著歌邊聽鹿呦呦説她今天要忙的事，看著呦呦總是因為事情太忙太多，吃不胖的纖瘦身軀，還有講話時淺粉紅色的唇，他恨不得可以馬上抱住她、保護她，但那只是期盼罷了，他還是只能聽她説説話，陪她聽聽歌，散散步。

兩人就這樣一起往全人的方向走去，阿噹走在鹿呦呦的身旁，夏天的風輕輕地吹過，打在臉上很清爽。阿噹看著風吹過鹿呦呦的髮絲，鹿呦呦的耳朵，鹿呦呦的臉頰，再到鹿呦呦的嘴唇，她只是笑著，她的笑容是那麼的美，那麼自然，沒有經過任何的修飾和雕琢，阿噹沉迷於這一切，沉迷於和鹿呦呦相處的每一分每一秒，他好想抱著鹿呦呦，親吻她的嘴唇，在那麼一瞬間，阿噹真想化作一陣風，環繞著鹿呦呦，穿過鹿呦呦。

夏天的這個清晨對阿噹來説真的好美，阿噹躺在床上想著，這個夏天我要和鹿呦呦度過每一天。他閉上雙眼又想起鹿呦呦的回眸一笑，還有她的味道。每次和她的相遇，空氣中彷彿還有她呢喃的聲音，她溫柔的氣息。這個夏天他期待著也珍惜著。

☒

25 「王永慶」的系統思維

　　炎熱到不行的夏天。

　　阿噹大汗小汗不停地落下來，走在真知教學大樓前的林蔭大道上，茂密的木麻黃抵擋不住火辣辣的陽光，樹下的人兒們只能毫無反抗地任憑太陽曬著，阿噹內心由衷地希望有哪位好心人可以幫幫忙，把頭頂那顆發瘋似的太陽咻咻射下來，好拯救這熱到快融化的地球。兩眼昏花間，阿噹看到左前方有個熟悉的身影快步走來，是他們家聚的家族長，研究所的高材生一枚。

　　「學長，好，這麼熱的天氣，你還能在校園活力地奔馳著，佩服啊學長。」

　　「你怎麼一副要曬乾而死的樣子啊學弟，學長現在正趕著要去上『王永慶』的課啦，趕時間趕時間！」高材生學長完全沒停下腳步繼續奔馳著。

　　「『王永慶』？？我們學校這麼厲害唷，這麼大牌都請得到！」

　　「學弟，要成長要成長唷，『王永慶』是三位教授名字的縮寫，

◀　雲朵不願飄移，樹影不再搖晃，蟬鳴不曾間斷；那熾盛火紅的太陽固執地高高掛著，鼓噪著每一個急欲解脫的靈魂，在燙腳的普仁崗土地上盡情舞動。

王光賜、鍾絮永、劉慶耀三位教授合稱王永慶啦，他們在學校可有名的勒！」

「那上什麼課啊？能讓學長你在這種大熱天移動尊駕、風塵僕僕過來上課，王永慶這麼神呀！」阿噹好奇地問。

「這門課是『系統思維應用』，只在研究班才開的，怎麼？想上嗎？有趣又實用的課唷！哈哈，時間寶貴，我走啦！」高材生學長以迅雷不及的速度消失在教學大樓的另一頭，一臉好奇的阿噹迷惑地繼續頂著炎熱，往他的全人村避暑聖地邁去。

九樓的教授研究室裡，在炎炎夏日，這是最好的避暑聖地，還可以見心愛的鹿呦呦一面，阿噹真開心！

「老師老師，剛剛我聽說有一個王永慶的課ㄟ，聽起來還蠻不錯地說！」阿噹舒服地坐在冷氣孔下的沙發，幫忙鹿呦呦整理印尼華語師資培訓的單元講義。

「當然知道啊，而且其中的王老師跟劉老師還有一段感人的師生故事呢。」

「跟我們一樣？師生戀？」

「正經一點，專心做事。那位劉老師是我們中原的校友，本來在中部另一所大學任教。幾年前，他獲得德國慕尼黑科技大學博士後的研究機會，期間利用過年回台灣與家人團聚，卻因為發燒不退住進醫院，結果檢查出得了急性骨髓性白血病，正常人的血小板指數是十四到十五萬，聽說當時劉老師的指數只剩下三萬，醫生判斷他可能只剩下不到一

個月的生命。」

「在這段住院期間，母校的王光賜教授南下去探望他，帶著隔離口罩跪在床前為他祈禱，

▲ 一切皆從零開始，但其中色彩卻是由自己主筆彩繪。毋須為了失手而擔心受怕，那會是開啟幸福的另一章。

並帶了很多聖歌及靈程給劉教授希望帶給他勇氣，劉教授受到了激勵，燃起了活下去的鬥志，在住院後的四十幾天突然穩定了病情並逐漸好轉康復。」鹿呦呦緩緩地說起了這段故事。

「神的力量……還是師生情的力量……？」阿噹有點動容的說。

「或許都是吧，許多事情冥冥中都像是有注定似的。」「劉教授在出院後，在王老師的鼓勵下放棄更高薪水的工作回到了母校服務。對了，他之前還帶領一群瀕臨被退學的七名學生參加全國大專資管專題競賽，打敗各個名校，得到全國第一名呢！你看……我這裡還有當時訪問劉老師的報導。」鹿呦呦東翻翻西翻翻地找出建檔的報紙資料遞給阿噹。

「沒有人是不被需要的！」推開那扇塵封 ▶
已久的門，伴隨著那咿啞一聲的，是對那
異於外表的豐富內涵的驚嘆！

115.

阿噹看著照片上的學生自信的對著鏡頭笑著，實在很難想像當年這些學長姊們都是快被二一掉的學生，更難想像的是一位老師背後所付出的心血。

　　「所以劉老師對教導學生也很有一套嚕！！」受到感動的阿噹好不容易擠出了一句話。

　　「哈哈，是阿，去年我們一同擔任新進教師座談的主講人，他真的很開朗呢！完全看不出癌症患者的影子，我記得他還對在座的新進老師們說阿：『各位老師，我們要記得對我們的學生好一點啊，我這裡將我們學生分成四大類，學生成績好一點的將來可能會成為出名科學家獲得諾貝爾獎，也有可能成為一位優秀的教師，這些學生將來都有可能在回憶錄中提起老師們，我們就可以沾沾光啦；啊如果比較不認真的學生，可能他們會往別的方向發展成為成功的企業家或是有名的政治家，到時候可能對我們學校進行贊助，所以我們都要記得對學生好一點阿！各位老師們！』」

　　「哈哈哈哈，是唷，那台下的老師不都笑翻了！還有這種比喻法的喔！！」

　　「是阿，當時台下的新進老師們也都哈哈大笑啊，畢竟一般的這類座談會都是很嚴肅的，劉教授短短一下子就讓氣氛變得很輕鬆近人。」

　　鹿呦呦的思想不禁飄回了去年座談會的當時，台上台下笑成一片歡樂融融，但是這些新進的教師們不會知道眼前台上這位風趣的前輩同事，背後卻是一位身患重病的血癌患者，又是背負著多少旁人無法親身

體會的艱苦呢？鹿呦呦更深深無法忘懷的，是在新進教師會的最後，劉老師的投影片出現了這段自己譜寫的文字：

> 新進教師座談會，躍馬中原氣象新
> 各位師長福緣來，融滲創意新思維
> 天人牧養勤關懷，崇尚簡樸好校風
> 全人教育信望愛，諸天宣揚主光榮

　　字裡行間表現了所有對上天，對學校、老師們的感恩關懷，劉教授用著黃梅調唱著，荒腔走板不怎麼準的音準搭配上誇張的肢體動作，讓台下又是一片歡樂的笑聲不斷，鹿呦呦老師也是被那逗趣的模樣笑了開來，但在笑聲之餘，眼淚也不自覺地從眼眶中流了下來。

☒

從創校開始，上天就賜福與普仁崗每一寸土地，也庇祐著普仁崗上的人們，恩惠堂的頌讚如同美麗花影，超越信仰的愛卻長存老阿嚀們的心。

26

哲言貓語

　　　　手中抱著剛撿到的濕搭搭小貓，小光加速腳步地往距離學校最近的寵物店——「阿哲的店」前進，一進入店內，腳邊便出現了一隻美國短毛貓摩蹭著她向她示好，面貌和善的老闆親切的上前詢問需要什麼服務，小光馬上將手中虛弱的貓咪交給老闆，請他千萬要救救這隻貓咪。阿哲看貓咪的情況十分虛弱，還有些失溫，二話不説便接過貓仔開始替牠急救。

　　　　他首先拿著温毛巾將貓仔裹住，緊接著又拿起手邊的滴管吸了點水餵貓咪喝，小貓咪看起來虛弱無比，似乎這些動作稍稍遲些，牠就會馬上斷氣。看著老闆東忙西忙，小貓咪也逐漸有了力氣掙扎，也漸漸聽到牠為了掙脫老闆抓牠的手而發出的咪咪抗議聲，小光終於鬆了一口氣。

　　　　「這樣就可以了！妳只要帶牠回家，好好的照顧牠，並定期給牠打預防針，還有，因為牠還小，所以妳要去買幼貓的飼料，用點温水泡軟給牠吃，隨時保持環境的温暖就行了！」

　　　　從老闆手中接過小貓咪，小光慢慢的記下老闆要她注意的事項，並看了看手中的貓咪，想起原本在路邊撿到牠時，根本就分不清牠究竟是狗是貓，活脱脱像隻顫抖的大老鼠。但仔細端詳了牠的臉部，寶藍色的眼睛鑲在玳瑁色的小臉上，閃閃發亮地望著小光，不時散發出如同嬰孩般乞求關愛的眼神，核桃般大的頭不時地東轉西轉環顧著陌生的四週，她一下子就被眼前的這團小毛球打動了。

　　　　「同學，妳的貓咪哪來的啊？」數分鐘後小光回過神來，發現老闆似乎叫了她很多次了，趕緊將撿到貓咪的經過告訴老闆。

阿哲望著眼前細小瘦弱的小光，心想這樣有愛心的學生實在很少見了，索性就不跟她收錢了！

　　「那個，不好意思，老闆，因為我是第一次養貓，所以以後有問題可以來請教你嗎？」小光謹慎的問。

　　「當然可以啊！妳這麼好心，有任何問題隨時都來問我吧！這是我的名片，這家寵物店雖然有點小，但是應有盡有喔！住在學校附近的大學生寵物有問題都會來問我的！」

　　聽老闆這麼一說，小光此時才開始注意店內的物品，整排鐵架上擺著滿滿的寵物用品及飼料，櫥窗內有著各式各樣的新奇寵物，蛇、烏龜、甲蟲、變色龍、蜥蜴等。另外一面牆上，則是以毛絨絨的可愛小寵物為主，無論是各式各樣的兔子、老鼠都有，整間店內以溫暖的鵝黃色燈為裝飾，使得店內得氣氛顯得十分溫馨。小光又觀察了一下老闆，沉穩的聲音，肥胖中帶點壯碩的體格，不高的身材隱約看得出來有點啤酒肚，腳下穿著的則是一雙藍白拖鞋與短 T-shirt 搭配及膝短褲的輕便穿著，臉上留有著未刮乾淨而又長長似的鬍渣，明顯的襯托出界於脖子與臉下方的雙下巴，安穩坐在鼻樑上的無框眼鏡內有著和藹的眼神，不時散發出一股書卷氣息。

　　「妳第一次養貓吧？家裡有沒有貓砂盆和飼料碗啊？有需要我可以馬上幫妳準備啊！」

　　「對吼！我都忘了還要弄飼料餵牠。那麻煩你幫我準備一下養貓所需的東西好了。」

　　小光說完後，拿出了牛仔褲後口袋的皮夾，掏出了僅剩的一千元

給老闆，心想：「只剩一千塊要過一個禮拜了，下禮拜老媽才會再匯錢來。唉！」

「我會算妳便宜一點的，妳不用擔心。」老闆彷彿聽得到小光的心聲。

「對了，妳喜不喜歡小豬啊！給妳看看我們店的店寶」，說完這話，老闆馬上蹲下身從櫃檯下抱出了一隻迷你豬，以白色為底印著小塊黑色幾何圖形所組成的身軀及黑黑的長形豬鼻襯托出那對有如枯葉般薄地透光的毛毛耳，真是可愛到了極點！

看著牠在老闆阿哲的懷中幸福的表情，看老闆望著牠的眼神中散發出對寵物不顧一切奉獻的愛，小光不禁開始佩服起眼前的這位老闆，也開始羨慕起他來，因為老闆所擁有的工作及生活正是喜愛動物的小光所夢寐以求的！摸了摸小迷你豬和還膩在腳邊的短毛貓，小光抱著撿來的小玳瑁色貓咪，帶著愉快的心情踏出「阿哲的店」。

☒

那天，我在行政大樓旁的榕樹下初見你，▶
雖然你只是穿梭人群中一個不顯眼的小灰
點，但我一眼就發現了孤伶的你，這是命
中注定，我一見鍾情的小金星。

27

飲一瓢書卷水

　　從恩慈宿舍旁的小門走出校園，便來到大仁二街。往前走約一百餘步，可以發現一間遺世而獨立的書店，雖然書店前掛有大型看板，但稍不留神就會錯過。它是令人著迷與敬畏的書店 ── 若水堂。

　　若水堂宛若都市叢林的一隅，位在柏德公寓之間，且是二樓的位置。沿著階梯拾級而上，就好像踏入童話故事裡的閣樓，帶有幾分夢幻色彩。「若水堂」專門負責販賣大陸書籍，雖然只有八坪大小，店內的燈光卻十分柔和溫馨，還附有小型椅子和茶几，讓愛書人能一邊品茗，一邊賦閒閱讀。

　　鹿呦呦這天下午剛好沒課，決定前往若水堂，找尋需要的學術文集。當她走到文學類書區，拿起一本書準備翻閱時，有人拍了一下她的肩膀，並向她問好。她轉頭一看，原來是她在應華系所任教的學生 ── 徐逸翔。

　　逸翔因為身體狀況不佳，休學了一年後又重返應華系就讀。鹿呦呦原本擔任他的導師，在學期初和每個新生相見時，她注意到逸翔寫字非常漂亮工整，在自傳上從容不迫地談到他對文學的熱愛以及未來的志向，有著與別人不同的溫雅書卷氣。她那時候還建議逸翔能多踴躍投稿，多磨練自己的文筆。可惜逸翔一直被疾病所襲，面色總有些慘白，身體也十分枯瘦。

　　鹿呦呦有一個遺憾，就是她和導師班的學生相處時間太少，未能夠全面瞭解他們。她在他們大一時只教了一堂「華語語音學」，連阿噹與他同學和鹿呦呦見面的機會，都比導師班的學生要來得多。而逸翔辦理休學的時候，她又正好到美國參加研討會，只收到逸翔告知他要休學

的簡訊，沒來得及和逸翔說上幾句話。她後來得知逸翔在系上的文學課上表現較積極活躍，且常發表自己的看法。她心中的大石總算放下，也藉此提醒自己要多關注導師班的學生。他們也是系上的第一屆學生，一切都得自行摸索，沒有前人的照應，帶著懵懂與莽撞的步伐前進。

「逸翔，你最近過得好嗎？」鹿呦呦笑著問他。

「老師，我過得很好，和新同學相處得不錯，以前的同學也都盡心地為學弟妹辦活動！」逸翔用喜悅的神情回應。

「那就好！你也來逛書店啊？」

「嗯！我第一年讀中原時，並沒有發現這裡，又很討厭時常陰雨綿綿的天氣。整日只待在宿舍，感覺自己快要發霉一樣，難怪會生病。這間書店喚起我對閱讀的熱情，讓我重新感受書籍的美好溫度。現在即使下雨我也不會覺得煩悶，有時還會在霧雨濛濛之際來若水堂看書呢！它是我理想中的夢中書店！」

逸翔仍用一貫的溫和姿態，不疾不徐地道出他和若水堂的緣分，言談舉止間卻添了幾分以往沒有的爽朗和自信。他在買完書後，向鹿呦呦點頭示意並揮手告別。而鹿呦呦也決定告訴阿噹有關「夢中書店」的故事，說不定阿噹來幾次若水堂後，也會有一些微妙的轉變。

☒

28 佛地魔的計概玩笑

　　為什麼要上課？為什麼要上課？我不要上課！我不要上課！陽光射進了那個像監獄的力行宿舍，阿噹躺在床上翻來覆去，喃喃自語，就是不想起床。今天是星期幾阿？好像是星期三吼？天啊！星期三！吼！又是那佛地魔的課！而且今天還要發期中考卷，上次才被記了三次曠課，為什麼我要是三號呢？如果我不是三號，鬼才要去上課勒！

　　佛地魔是阿噹的計概老師，也是所有老師中最怪的一位，他大概已經六十好幾了吧！除了那有著嚴重駝背的身材和戴著粗框眼鏡，瞪大眼睛的詭異表情外，還有著像謎一般的背景，從來沒有人聽過他提起他家人之類的話，沒人知道他有幾個孩子，有幾個老婆。曾經有人跟蹤他，才發現它是搭中壢客運來上課，傳聞他是中原校友，待在中原的時間已經久得不可考，從普物、微積分教到現在的計概。但最叫人摸不著頭緒的是他的邏輯思維，比如說他上課永遠只點前面五號，彷彿前面五號到了全班就到了。而且他可能一天點三次名，常常有學生一天就被記了三次曠課。此外，最叫人不可思議的就是他的評分方式了，學長說他打成績印象分數佔百分之四十！但他從來不認識班上的同學。

　　對阿噹來說，上佛地魔的計概簡直就是生不如死，除了那擺脫不掉的三號命運外，令阿噹感到不平的還有上學期的考試事件。那時阿噹的上機考一百分，卻在期末時狠狠吃了一個五十六分的紅字；而隔壁寢的小龜，明明考了零分，卻收到了老怪送的好大的歐趴，這真是阿噹僅次於微積分被當三次的重大打擊了。阿噹常想，與其說在上計概課，倒不如說是在上十萬個為什麼，因為他永遠摸不清佛地魔的想法，也永遠只能在那邊無奈的說為什麼～為什麼～為什麼～為什麼。

八點二十分了，阿噹偷偷摸摸的走進教室，不會吧！只剩下一、二排了，不！打死我也不坐第一排，阿噹心想：佛地魔那傢伙心理根本沒有第一排這個東西，到時候你暴斃了他也不知道！等阿噹終於選了一個第二排靠牆的位置坐定，佛地魔剛好在發期中考的考卷，教室頓時一片哀鴻遍野。想當初阿噹為了怕被當，花了一整夜唸計概，結果換來了一雙熊貓眼，一張完全看不懂的考卷，還有一個全班平均只有二十的分數，事實又再次的証明佛地魔考卷的分數，不是掌握在自己手上。

　　「哎呀，你們不會寫怎能怪我呢？」佛地魔用手托起他那大大的眼鏡，臉慢慢的靠近前排的同學，環顧了一下四周，用緩慢的語氣說：「我可以開始上課了嗎？」沒有人敢發出任何聲音。於是佛地魔逕自拿起那本大大的計概，轉個身，開始在黑板中寫起了程式語言。

　　台下的阿噹，伸長雙腳兩手交叉，望著黑板上一連串看不懂的符號，心裡想著的卻是今天佛地魔又要說跟他們說什麼怪怪的笑話。說真的，佛地魔是一個充滿教學熱忱的老師，為了要跟大家拉近距離，總是跟大家說他各種球類都精通，也會和這些土木系的大男孩們討論NBA，但在大家眼裡他就是個普通的老年人，怎麼可能還有打球的體力？

　　「你們看，看到這個S了沒？講到了代號S，如果把大寫S換成小寫s，會變小s，然後康熙就來了！哈哈哈哈。」佛地魔突然其來的笑話，聽得原本無精打采的同學頓時都清醒過來，阿噹也覺得老怪終於講了一個好笑的笑話了。

　　「同學！計概真是處處通滿了我們的生活阿！」佛地魔彷彿感覺到同學的興奮，打算乘勝追擊。

「知道嗎？我昨天看新聞，最近的家暴事件還真多阿！如果每個家都能像緩衝器一樣，就不會有家暴了。總之呢？會有家暴那就是沒緩衝的後果，嘻嘻。」佛地魔又自以為幽默的笑了，每個人又一副「饒了我」的表情。

　　過沒一會，佛地魔看大家的精神萎靡，決定投下一顆炸彈。

　　「下星期我們來個小考好了！」佛地魔平靜的說。

　　「不會吧？」阿噹覺得自己快瘋了。佛地魔出的題目，不是太簡單就是太難，而且通常是阿噹這一班很難，另一班很簡單。

　　「天阿！真是太晴天霹靂了！為什麼？為什麼？為什麼？為什麼？」阿噹知道自己這學期除了微積分三連霸被當外，佛地魔的計概恐怕也不保了。

☒

我對妳的感情，是不沉的鐵達尼。就如同那
層樓，始終在風雨中佇立不移。小草有彎腰
再起的韌性，我有永不放棄的真心！▶

妳願意陪我散步嗎？

是夜，深深的夜，不論內外，皆是烏雲密佈一片。

「呼，真累。」又是獨自一人在研究室通宵的夜。鹿呦呦伸了個懶腰，揉了揉眼睛，暫時將思緒抽離論文的世界。電腦右下角的時間，顯示是凌晨兩點。

突然，手機響起了熟悉的旋律，她不解地接起，已經這麼晚了。

「早安唷！您的宅急便包裹，趕快下樓來簽收吧！」

是阿噹，又是阿噹。不知他又想搞些什麼令人心動的花樣。她換下拖鞋，套上高跟鞋，鞋跟隨著腳步碰擊著地面，在寂靜的走廊上扣扣作響。

「這麼晚了，你還在校園遊盪？」一看到他，鹿呦呦就先開了口。

「晚上睡不著，就在校園走一走，看妳的研究室燈還亮著，就決定來『送宵夜』囉！妳不覺得在這冷冷的寒冬應該來碗紅豆湯圓才是嗎？趕快趁熱喝吧！」阿噹笑臉盈盈地把手上的紅豆湯圓交給鹿呦呦。

「謝謝。來我研究室坐一下吧！」

妳願意陪我散步嗎？妳願意為我駐足嗎？
如果答案是肯定的，保證可以實行三呆教
授的萬里三大步：「因信堅定起步、因望
夢想活力、因愛快樂前行！」

▶

「好啊！」

「不過我研究室很亂，你不會笑我吧？」

「不會啦！我自己的房間一定比妳還亂。」

來到鹿呦呦的研究室後，兩人一起坐在舒服的沙發上。

「對了，我唱歌給你聽好不好？我自己填詞作曲的哦！」阿噹說。

「好啊，唱來聽聽。」呦呦一邊吃著溫熱的紅豆湯圓，一邊欣賞阿噹的歌聲。

窗外是一片燦爛的陽光　　窗內只有孤單的重量

快受不了思念的氣壓　　一點一滴把我壓垮

沒有妳的街道該怎麼逛　　沒有妳的情歌我一人唱

好想好想不想再去想　　讓冰冷的心情溶化

我們能是情人嗎？　　為什麼妳總是沒有回答

是什麼讓我無法自拔　　一顆心傷了又傷

我們能是情人嗎？　　為什麼妳還是沒有回答

是什麼讓我變成傻瓜　　無法瀟灑的遺忘

阿噹輕輕的唱著，鹿呦呦卻聽出了再明顯不過的暗示。但她仍然必須假裝聽不懂。

「哇，你有當歌手的潛力呢！」她輕描淡寫的說。

「其實呢！每首歌曲，都在寫一個故事；當你覺得心悸時，那是

頻率的交集！好像它表達了妳的心意，好像它嗅出了妳的感情，所以妳才會覺得很好聽很好聽。但是，不曉得這首歌是否讓妳有任何感覺？」他知道，自己已經迫不及待，想要一個答案。

「哇，就像我跟學生要讀書心得一樣，你也要我交聽歌心得啊？」呦呦盡量要把談話變得輕鬆一點。

「那是當然的啊！」阿噹回答。

「就先放過我吧！我的論文還沒趕完呢，目前沒有腦力擠出心得。」呦呦向阿噹求饒。

「好啦好啦，不為難妳了。」阿噹決定體諒呦呦。

「實在太謝謝你了，已經很晚了耶，你應該要回去了吧？」

「不然我再唱一首歌給妳聽好了。」阿噹還想再跟呦呦多相處一下。

「你今天晚上怎麼突然這麼愛唱歌啊？」

「那妳到底聽不聽嘛？」

「聽聽聽，不過唱完一首就要回去睡覺了哦？」

「好的，馬上為您獻上的是RAP版的李白的故事：

李白是唐代偉大的詩仙

他五歲那年父親賺了不少錢

於是在家中當起大少爺

青少年時代他愛讀書也舞劍

有一天逛街 遇上一個老ㄅㄟㄅㄟ

正在石頭上磨著鐵

原來只要功夫努力練　鐵杵也能磨尖尖

從此以後　他非常用功

諸子百家都能過目成誦

自然而然能夠才華出眾

當時　大家都會參加考試

努力去謀個一官半職

李白卻覺得那是俗人幹的事

所以從來沒有去試過一次

他希望能夠一鳴驚人

否則就一輩子沒沒無聞

曾經有人介紹個小官位

高傲的他卻看不上眼

他希望自己能夠像謝安

驚天動地"呼人知"

李白進宮的第二年春天

唐玄宗帶著高力士和楊貴妃

看到園裡的牡丹開得很美

就叫李白來把詩寫一寫

在這之前　他看到李白的破靴

於是叫高力士幫他換臭鞋

還叫楊貴妃幫他拿硯

真不是普通的膽大包天

就在瞬間　白白胖胖的楊貴妃

竟變成美麗動人的詩篇

可是高力士和楊貴妃懷恨在心

無法忍受李白如此不恭不敬

開始一次又一次的讒言攻擊

於是李白在官場過得非常不順利

就用遊山玩水來抒發心情

順便寫詩訴苦他懷才不遇

如此便留下許多豪放的作品

話說李白非常愛喝酒

有次喝醉後在月夜裡泛舟

看到皎潔的明月正在水中游

便為了撈月而跳入水中

雖然這只是個瞎掰的傳說

卻很符合他一生理想的追求

也許他一輩子默默不得志

死後卻搞得大家都認識

那些膾炙人口的詩都流芳百世

造就了『李白』這個傳奇的名字！」

　　阿噹口中念念有詞，手舞足蹈的模樣，逗得呦呦顧不得形象而大笑起來。

　　「哇哇哇，我真是服了你了！好了好了，你該回去睡覺了，我也要開始趕論文了，你繼續待在這裡，我的論文到天亮也寫不完。」呦呦覺得今晚和阿噹之間的情感似乎又進了一步，但這並不是她想要的。

　　「好，那我走了。」阿噹內心雖然不想離開，表面上仍一派輕鬆的說著。

　　「好了，我自己下去就可以了。」呦呦陪阿噹等了一下電梯。

　　「謝謝你可口的宵夜、精采的表演。你自己小心哦！」呦呦說。

　　阿噹踏進電梯，向呦呦揮手說拜拜，就在電梯門即將關上之際，他突然想到了什麼！

　　「等等！」他趕緊從口袋中掏出一封信。「這是給妳的，要給我『回應』喔！等妳寫完論文。」

　　「哦！好。」。

　　「晚安。」

　　「晚安。」

　　「咚」門關上了！她迫不及待打開了信。

　　「咚」門打開了！他倏地覺得舉步維艱。

窗外，天濛濛亮了，烏雲沒有完全散去，還瀰漫著陣陣濃霧，讓一切模糊不清，彷彿看完的信的她的心情。

　　「剛剛獻唱的那首歌『我們能是情人嗎？』是為妳而寫的，認識妳以後，我所做的每一件事都是為妳做的。雖然，『沒有妳，我的人生都失去了意義』這種句子很八股，然而，這卻是我在這些日子以來深切的感受。我可以這樣安慰自己嗎？安慰自己我就快要到達妳的心了。我可以這樣問妳嗎？在人生漫長的路途中，妳願意陪我散步嗎？」
☒

▶ 我想當在妳的軌道中飛翔的行星，我願作妳天空裡徜徉的白雲。從古至今，有多少風情，穿梭在這夢的境地？篤志力行，就是愛妳！

30 「慾」意漫遊

寄件人：鹿呦呦 <yoyo@cycu.edu.tw>
收件人：阿噹 <s933303@cycu.edu.tw>
主　旨：不惜歌者苦

阿噹：

最近趕論文趕得天昏地暗，除了去上課外，幾乎是與世隔絕。最近有哪些好聽的歌？介紹幾首吧，我已經面目可憎了。

　　　　　　　　　　　　　　　　　　　　　　　　　　鹿呦呦

寄件人：阿噹 <s933303@cycu.edu.tw>
收件人：呦呦老師 <yoyo@cycu.edu.tw>
主　旨：但傷知音稀

老師：

妳的「主旨」還真有學問，雖然古狗只花了0.5秒就查出來，但我很上進哦，用了一個小時把古詩十九首都讀過一遍。不得不說，這些詩寫得真好！有時我實在很羨慕讀文學的人，可以把自己的心聲用文字準確地表達出來。

妳聽過陳奕迅唱的K歌之王嗎？這是我最喜歡的一首歌了，寫詞的人好

厲害，用了許多首歌的歌名串成一首新詞。我現在就介紹幾首給妳，如果能成新詞，只有為妳。

有沒有一首歌會讓你想起我

如果你聽見我的歌

只有為你　命中註定

唱歌給你聽

唱歌給你聽

聽風的歌

唱歌給你聽

城裡的月光

唱歌給你聽

飛在風中的小雨

唱歌給你聽

紅豆　旋木　撲火　燕尾蝶　葉子　七里香

咻咻咻　轉轉轉

唱歌給你聽

無限　愛的可能

如果你聽見我的歌　聽風的歌　風一樣的男子

唱歌給你聽

只有為你

阿噹

寄件人：鹿呦呦 <yoyo@cycu.edu.tw>
收件人：阿噹 <s933303@cycu.edu.tw>
主　旨：願得一心人

阿噹：

歌真好聽，「只有為妳」的詞也耐人尋味。
知音難覓嗎？或許吧！因此一旦遇到了，不管緣深緣淺，都應該心存
感激。最近重讀了化名卓文君寫給司馬相如的詩，覺得卓文君真有智
慧，只憑她的文才就讓司馬相如回心轉意。如你所說，文學的功用，
就是將人們最幽微的心事表達出來吧。

鹿呦呦

寄件人：阿噹 <s933303@cycu.edu.tw>
收件人：呦呦老師 <yoyo@cycu.edu.tw>
主　旨：白首不相離

老師：

我喜歡這兩句詩，願得一心人，白首不相離。有一種可以抵抗塵世誘惑
與時間侵襲的堅定。

為了報答妳介紹我讀這幾首詩，我也給妳看一首我以前寫的詩：

朝河裡撈一朵蘭花
為了見證這飯島之愛
在這光潔的月亮使得夜晚也光明的夜晚
看她的肌膚一如草莓牛奶
瞳孔清澈有如白石
我們在小澤上共食一碗湯圓
讓星琦見證我們的美麗未來……

順便請妳猜猜看這首詩裡面的玄機。猜對了，我帶著卡布奇諾去研究室
請妳喝，猜錯了，我帶著掃把、拖把去幫妳整理研究室。

阿噹

寄件人：鹿呦呦 <yoyo@cycu.edu.tw>
收件人：阿噹 <s933303@cycu.edu.tw>
主　旨：願君崇令德

阿噹：

你帶著卡布奇諾來我研究室吧，掃把我研究室有。不過當然不麻煩你

幫我整理研究室啦，掃把是用來打你屁股的！年紀輕輕就認得一群AV女優，你說該不該打？

P.S 瞳孔像白石一樣，不就是白內障了嗎？（笑）

鹿呦呦

寄件人：阿噹 <s933303@cycu.edu.tw>
收件人：呦呦老師 <yoyo@cycu.edu.tw>
主　　旨：隨時愛景光

老師：

我知道錯了，不要打我（逃跑）！

我以後會好好用功讀書、把握時間，作一個有益於國家社會的好國民，以及鹿呦呦老師最喜歡最喜歡的學生。準備好了嗎？我要帶著妳的卡布奇諾和我的水果茶去敲妳的門了。

阿噹

☒

31 麥香情

　　溫暖的陽光從樹葉間的空隙灑落，徐徐的和風吹來，樹枝輕輕地搖曳而沙沙作響，轉眼間，舒服而讓人心愉悅平和的夏天，已盈盈到來。

　　莊嚴的鐘聲，緩緩地敲醒了校園的每一隅，阿噹走出教室，舒服地伸了個懶腰，旋即便看見鹿呦呦提著皮包，輕巧地在人群間穿梭。

　　「老師！」阿噹朝著鹿呦呦大喊，邊向她跑去。

　　鹿呦呦停下腳步，轉頭尋找這熟悉聲音的來源。

　　「阿噹，剛下課？」

　　「是呀！剛剛才上完今天的最後一節課。」撥了撥因為奔跑而零亂的頭髮，阿噹揚起嘴角，開心地笑著。「老師，妳也是剛下課嗎？」

　　「對呀！我也才剛結束，老師的錢不好賺哦！」鹿呦呦鬆了一口氣地笑著。

　　「是喔！我以為你們只要在研究室發呆，錢自然就會來！現在要回家了嗎？」

　　「嗯！不過我想先去大潤發採購一下，再回家。」鹿呦呦偏著頭。

　　「可以搭您的便車嗎？」

　　「僅此一次，下不為例。」

　　阿噹推著推車，肩並肩和呦呦在大潤發逛著，感覺十分輕鬆。

　　繞完一圈大潤發，好不容易採購完畢的兩人，推著手推車走出收銀台，此時已大約是晚上六點多了。

「老師，一起去地下一樓吃麥當勞，好不好？」摸著空空如也的肚子，阿噹帶著渴求的眼神，詢問著鹿呦呦。

「好啊！」鹿呦呦爽快地答應。「我也好久沒吃麥當勞了呢！」

「您好，歡迎光臨麥當勞！」遠遠地，兩人就聽到麥當勞服務員熱情高昂的招呼聲。

「咦？小光！妳怎麼在這兒？」盯著眼前身著紅色襯衫、頭上戴著繡有「I'm lovin' it」的紅色帽子、臉上帶著燦爛笑容的好友小光，阿噹詫異地問道。

「老師！阿噹！歡迎光臨！」看到系上老師和好友的突然出現，小光開心地和兩人打招呼，「我前不久才開始在這裡打工啦！你們要吃什麼呀？要不要來份新上市的板烤米香堡套餐？」小光和他們聊天之餘，也不忘記幫忙點餐的動作。

鹿呦呦點了點頭，便說：「好呀！我就來一份妳推薦的套餐！」

能不能也進入工程館內，為我量身訂做一套程式？通關密語：鹿呦呦，指定破解人只有呦呦，輕敲enter，將蜿蜒變直徑，將直徑變平行，平行變交集……

「我也一樣！再點一杯奶昔。」阿噹對著正努力和收銀機奮戰的小光點餐。

　　「不好意思，我們這間分店除了奶昔，其他都有賣啦！」抬起頭來，小光帶著歉意回答阿噹。

　　「是喔！除了奶昔，其他都賣嗎？那我要肉圓、碗粿和臭豆腐！」阿噹言不及義的回答，倒讓鹿呦呦、小光及其他一旁的服務員都笑了起來。

　　「好啦！那我們先走囉！妳好好加油。」產品都到齊了之後，阿噹和鹿呦呦便和小光道別了。

　　「嗯！謝謝光臨，歡迎常來！」很開心可以看到他們的小光，揮了揮手，用朝氣十足的聲音與他們道別。

　　過沒幾天，讓全校同學收心的期中考週到來了，阿噹和小光這兩位好朋友都忙著準備考試，而沒時間見面聊天。考完期中考，小光一步出教學大樓的考場，便接到阿噹找她出來聊天的電話，快步走到約定的地點：活動中心B1的學生餐廳，有好一陣子沒見面的兩人，都顯得分外開心。

　　「外頭天氣很棒，我們出去邊散步邊聊天啦！」受不了學生餐廳的陰暗，小光拉著阿噹就往外頭走去，「最近，跟鹿老師還好嗎？」緩步走在張靜愚紀念圖書館左側草皮上的石子步道，知道阿噹對鹿呦呦懷有著特殊情愫的小光，側著頭，關心地詢問。

　　「老樣子啦！」顯得有些挫敗的阿噹，旋即又打起精神、意志堅

定地說：「不過，我一定會繼續努力加油的！」就這樣，兩人慢慢地一路走到了中央大草坪裡。

　　輕踩在柔軟的草地上，放眼望去，是那狂野青翠的綠，而矗立在一旁的十字架鐘塔，卻是如此地端莊嫻靜。

　　停住腳步，小光突然轉過身去，給了阿噹一個輕柔卻堅定的擁抱，「你一定要幸福唷！我會一直在這裡力挺你到底的！」不知為何，此時的小光，內心竟湧起了一股酸澀的感覺。

　　「謝謝妳！我相信我們一定會是一輩子的好朋友。」

☒

長椅前，擁抱你的我的手，是顫抖的，只要再 ▶
五公分，深怕那瓶中小心翼翼的隱藏會會傾
洩而出。現在的我，只想告訴你，「阿噹，我
會一直在這裡挺你！」

32 「逍遙行」的 men's talk

「阿噹，今天有空嗎？帶你去品味品味一齣戲。」

「我都有空啊！是最近上演的新片嗎？」

「不是不是，我們要去看的是更轟動的大戲，是真人在我們面前演出，可沒有一層隔開距離的銀幕擋著。」

「裝神秘哦！好！我希望真的有什麼特別的，可以刺到我，或是把我嚇傻也行。」

「你已經夠傻了！今天六點半在演藝廳。」

校園在六點多便浸入全然的沉黑，崇高的大十字架一輪一輪飛射的光飛向入夜的草坪，遙遠的光芒，朦朦朧朧地，使暗暗的周遭顯得翠綠如白晝之景。他們徐步進入演藝廳。

「是演講啊！我以為是什麼精采絕倫的東西咧！會不會又是那種激勵人心、強調生命光明美好的長篇大論，我真懷疑我聽不聽得下？」他立刻反應他的不耐煩。

「阿噹，多一點耐心和謙卑好嗎？我們今天是來領受別人生命的智慧食糧，別不以為意，心靈也要餵養，別教青春浪費在自以為是上。」

他抿了抿兩片唇，低垂著頭沉思呦呦的話。如果容納不下別人的情節，自己的故事會顯得單調淺薄，他知道。但是，他總是以為自己的生命中有她的指導和參與就無憾了，他主觀地認定只有她的生活態度可以參與他的生活，改變他的心境；只有她的生命經驗可以撼動他的腦袋。

「專心一點。」呦呦提醒阿噹。

「那我看妳就行啦！」

　　演講就在姜洛行老師獨釀的醉人的吉他之酒中流淌出，一種和諧的光亮從他的身上散射開來；而潘遙輝老師的眉眼之間，淨是清朗爽直的氣息，風趣的言談則像一局棋，讓聽眾不知不覺踱進他心造的棋盤中遊戲、玩樂，童年那樣的不問輸贏、不分敵我、不爭不奪；悠悠徐行的棋步，只有散步的悠然，深濃的韻味揉在潘老師舒緩、具哲理性的演說裡。令人遙想往事的吉他聲與睿智的幽默笑談，和幾乎道盡半生功過的睿智演說，讓大家發出參加喜宴般愉悅的朗笑聲及發出觀賞世紀悲劇一樣的悠歎聲。演講會就在眾人的讚嘆聲與不息的掌聲中結束，夜色緩緩流過這千載難逢的時刻；緩緩流過演講者那睿智、多波折的人生；以及阿噹和呦呦沉入思索、回味的表情。

　　「逍遙行」，三個男人的談心聚會，其實是校園內分享生命成長的關懷團體。傳統男性總被塑造成堅定勇敢的形象，事業與家庭，都展

原來學科學的男生，也可以亦狂亦俠亦溫文。三
個男人在一起促膝長談，把酒言歡，不但體悟出
人生哲理，也能逍遙而行。

現出大丈夫的威勢與氣度。但是英雄仍有脆弱的一面，應「逍」三、潘「遙」輝與姜洛「行」三位老師的「逍遙行」正是他們珍重友誼、彼此關懷的起點，也是鐵漢柔情的交心時刻。也許，中年男子有的愛吹噓臭蓋，但他們珍貴的男子情誼與精神奧援，阿噹真正覺得不是蓋的。

並肩走出演藝廳，現實不再是斷斷續續的夢，而是一種凝黑炸裂的夢醒之感。夜晚的校園，萬物好像都靜靜在感受他們的心緒波動，突然他們有被安慰的暖意，樹身抖落的葉片與珠玉一般燦光四射的花朵，齊飛在多風的路徑，自然的景物，豐潤的泥土，風聲鳥聲葉子翻飛的細微聲響，異香飄散在微風中，學校此刻流露田野中大自然的景象，銀冷的月光覆著的磚石路面，是他們被路燈的黃暈拉的長長的影子。

「學習是種享受。」她是一個容易被觸動的人，他知道。

「聽他們演講就是心靈成長的享受，但應逍三老師今天沒有來還滿可惜的，他是一個十分特別的人。」她顯露平常少見的出神模樣，一個沉思的表情。

「姜老師和潘老師也都是有趣的人，我們不是也經由他們聽了應逍三老師的故事，他們的特別之處在於他們的逍遙吧！」清風一陣一陣，他覺得涼爽，而星星一樣晶亮的情意，閃爍在他淡淡的凝神及注目著她的微笑裡。

「嗯，逍遙行，當初我光聽這個稱號就甘敗下風了，不論誰，你或我，都缺乏一種真正快意的逍遙，他們比誰都還要繁忙卻做到了，我也在想潘老師的話：大家都在忙什麼？」

「看不出來姜老師經歷過那樣的喪子悲痛，他一直是那麼誠懇、敦厚而且笑容滿面。」此刻姜老師的溫文微笑浮現在他的腦海中，他圓細的眼總在鏡片後溜溜轉動著，很像一個找玩具的孩子，讓人喜歡親近，因此嘴角升起的弧度也成了他的註冊商標——姜式笑容；他不笑時卻有一股冷靜嚴肅的氣息，阿噹現在才看出那是一種獨自悲哀的表情，徹底的孤寂凝思。

「應逍三老師的故事也很令人感傷。」應老師在她的印象中是一個帶著幾分瀟灑又有著威嚴氣度的長者，鏡框後睜得圓亮的眼睛和蒼白的髮，卻搭配花花綠綠的穿著打扮，令人莫名好奇。

「喪子之痛是生命大慟。」阿噹有感而發，他告訴呦呦他內心的震動。他曾經看過應老師舉辦的個人攝影展，擅長拍攝人間情萬物心的他，會為照片題上幾句理趣兼感性的文字，他覺得他是個藝術家。但幾年前應老師年僅十六歲的兒子車禍喪生了。他想著：那時候的他，是否如同一座沉默的山？終年忍住無人攀登的孤獨，憂傷的心境像飄然過眼的雲霧，覆蓋他一生的沉痛。然而，高高在上的他，髮何時全白了，自己卻不知曉。

「潘老師說他自己已經有老船長的沉穩，因為多年來他陪伴許多人度過生命風暴，我覺得我還不是船長，但我已經遇到我的船長了，我希望她可以陪我渡越一生。」

「你自己還沒有辦法當一個有方向又有夢想的船長啊？」她明麗的笑影與溫柔的詢問，無私地呈現在他面前。

「我做不到，我只是一艘躁鬱的船，浪小時有浪小的輕愁與漂流

感，大浪撲來時，就像印尼的海嘯，我一定翻船。」

「什麼樣的海嘯？」她想他的內心之亂一直以來都無法平息，這也許是他的早年動盪之苦吧，既然是必經之途，就鼓勵他勇士般迎戰吧。

「我不會形容，就是一種低沉的情緒，一種對生命的放棄，我找不到方向可以向前走。」

「我跟潘老師一樣相信生命是探險，我們每天都要像船長一樣熱忱、精神奕奕，有宇宙觀，像要掘走全世界的寶藏那樣眼光遠大，目標明確地活著。所以，阿噹，你也要跟我一樣，興致勃勃去冒險。」她綴飾藍點的高跟鞋踩著腳下落葉，沙沙沙，沙沙沙，像是在為她和緩輕柔的聲音配樂。

「那麼，冒險的結局是什麼呢？」

「我不曉得，你告訴我。」

「好，妳等我。」

⊠

◀ 眼前一塊空地如一個妙句，讚嘆江湖中流傳下來的各色各樣獨門絕活，統稱為青春雜耍表演，學得的人將化入傳奇，努力做一個讓人驚嘆的風雅儒士！

.148

科學館前的石椅

33

阿噹坐在科學館外的石椅上發呆，鹿呦呦正巧經過，她走向前跟阿噹打招呼

「唉……」阿噹低下頭嘆了口氣

「你怎麼啦？阿噹，怎麼坐在這？」呦呦還是第一次看到阿噹那麼沒精神。

「我忘了帶鑰匙，室友去打工十一點左右才會回來，只好在這邊發呆啦！」

「那……肚子餓不餓啊？陪我去吃個宵夜吧！」

「當然沒問題！」

阿噹原本懊惱的心情剎時間煙消雲散，把沒帶鑰匙這件事看成是老天爺的刻意安排，讓她在他最需要人陪的時候出現。他們一邊吃著宵夜一邊聊天，阿噹覺得今晚絕對算得上是幸福的時刻。

伴隨著昨晚的喜悅，阿噹今天起得特早。於是他決定起身到學校

◀ 一抹餘暉揮灑在淡薄而陰沉的霧靄裡，我在熙來攘往的人群中尋尋覓覓，燈火通明的教室點燃了心扉，今夜的妳逡巡在我腦海中。夢，在心緣開始的地方。

149.

點點星辰跳動著夜幕，冷月寄情於妳的笑容。傲視群雄幽明滅，笑傲江湖起風雲。夢想在塞外的草原上馳騁，奔向巍峨在盡頭的蒼蒼鬱鬱。

晃晃，此時炙熱火紅的太陽還沒完全的升起，四周瀰漫著如同少女出浴般柔柔淡淡地薄霧，幽幽地隨風漫舞，同時還散發出一股清新宜人的氣息，「原來這就是晨霧呀！」以前清晨總是被抗拒著，從來沒有好好的去品嚐這新生的感動。阿噹深深地吸了一口這份新鮮，快意的他漫步走進了校園，回到剛剛和鹿呦呦談天的那一張石椅上。阿噹瞧見一群老人正坐在那張石椅上，下著圍棋喝著茶；有些則是聚在附近的樹蔭下閒話家常，用跳動的棋子和開朗的笑聲為廣闊的校園增添了一絲的活力。一天就這樣開始，開始與教科書談戀愛的例行公事。

到了中午，酷熱的豔陽讓阿噹沒什麼胃口，只看見幾對情侶親暱地相倚在石椅上吃著午飯。他們的濃情熾烈地如同一壺滾燙的熱水，內心是如此的澎湃激昂；蜜意深刻地又如同一條華美的繡花巾，深深地烙印在情人的腦海裡。不曉得和呦呦能不能像他們一樣以情侶的身分坐在那張石椅上。想到這兒，阿噹感到些許失落。買完飯，回教室的途中，發現有一位老師帶著考試卷在那張石椅上批閱。

「哈……　一定要跟鹿呦呦説，我們學校有這麼一個能悠閒工作的好地方」

「如果她喜歡上這裡，我連下課時間也能夠看到她了。」

阿噹為自己的想法感到興奮驕傲，等不及想馬上衝去找呦呦告訴她這個主意！

　　當科學館外的路燈亮起，橘紅光的閃爍揭開許許多多社團的活動。阿噹最喜歡此時的校園，夜晚的來臨不是死寂，反而校園才正開始要綻放出它充滿活力、飛躍的青春。校園彷彿變成了一座大型的聚會所，讓原本互不相干的同學拉近了彼此的距離，附近的居民也會趁著吃過晚飯帶著全家人到校園內散步。

　　因為呦呦的關係，校園的每一個地方對阿噹都有了意義，此刻的他多麼想告訴呦呦，他終於發現校園的存在不只是為了學生，而是為了整個社區的人們。

☒

◀ 張開雙手懷抱新舊交替的莘莘學子，敞開胸懷擁抱世代交替的有志青年，滾滾紅塵雕塑出一尊尊的騎士精神，盡心守護著堡壘中的那一份尊貴的矜持。

34 蝶語花香

　　那八聲的傳統下課聲結束了這一堂晚課。呦呦收拾著書本，把配備一股腦兒塞進包包，快步的跟著人群步出教室。「老師～」一聲爽朗的招呼聲令呦呦停下了步伐，呦呦並不陌生，因為那是阿噹。

　　「老師，會不會太重？我幫妳！」阿噹說著示意要拿那疊有份量的書本。

　　「你別養成我的壞習慣，獨立自主是現代女性的基本要素，我自己來！」

　　「習慣成自然啊，想幫妳對我而言只是一個自然的行為，就跟我會吃飯、睡覺一樣。」

　　「這麼自然啊，你也幫其他老師的忙嗎？我怎麼都不知道你這樣熱情？」

　　「妳不知道我的一面可多的咧，時間多的是，請妳慢慢了解我好不好？老師了解學生是一件不可忽略的偉大工程啊！妳知道星辰花嗎？我對於妳的感覺就是星辰花，星辰花小小的，不以絢麗的色彩與人爭鋒很，單純的展現那份美，而重要的是它的花語是『驚奇』，妳跟別的老師就是很不一樣。」

　　「你真的很特別耶！沒看過男生還瞭解花語的，常送花給女朋友？看來我多認識了你一點，難怪人家說花言巧語，真有意思呢。」

　　「老師，這妳就錯怪我了，我只了解對象再去尋找花給予的意義，我發現花語是種複雜的語言，就像是星座的模式，有種不可思議的關係互相牽引。連到現在能認識老師我都覺得奇妙，甚至能說是我忽然從沉睡已久的靈魂裡覺醒，就像是有一個人我必須去追尋、去接近，妳

是這麼讓人驚奇！」阿噹極力鎮靜地道出心語。

　　「你的花語是愛情的經典嗎？我還真無法習慣你們這些年輕人的解經論釋。我從來沒深切地想過靈魂與緣份的關係，我很務實，只求上進安定，我知道現代女性的口袋和腦袋一樣重要。不過，你的思維也常常解構我的思維！」呦呦輕柔地吐出一小口氣，她看了阿噹一眼。

　　「老師，我現在要講的妳大概又想不到了吧，其實我想表達的不只是妳對於我生命的『驚奇』，星辰花的另一個花語是『不變的心』，我要妳記得，我想要永遠陪在妳身邊，不是只有現在。」阿噹彷彿是要把每個字的基因都打入呦呦的心裡，各個字清清楚楚，聲音也隨之增大，眼神定定的看著呦呦。

　　「阿噹，你知道你是我的學生嗎？我們差距的是十年的距離，今天即使是兩個成熟的個體，也未必能保證永久的和睦，我們相遇相知，不代表我們的關係，能有什麼突破的改變」。

　　阿噹不說話，把兩隻手擺出蝴蝶的形狀在呦呦的眼前擺動。

　　「這是？」呦呦又不明白阿噹的下一步動作

　　「把這個想像成白粉蝶，牠雖不華麗，但牠樸素的外衣，卻顯得高貴；牠身材雖嬌小，卻穠纖合度地令人無可挑剔；牠長相雖不夠迷人，但牠用精采的舞姿換取了更多喝采，但牠曾要求過喝采嗎？沒有。牠只是盡其所能恣意地飛舞，是因為牠明瞭太在乎外在的一切，是得不到任何的快樂。唯有將心放空，迎接及享受一切的事物，才能獲得最真實的愉悅，沒有什麼能阻止牠那渴望起舞的心。就像我們的關係，沒必要給外人評估正當與否，我的動作就是這麼自然的發生，沒有一個人能

評斷愛情是幾歲之間才能談論，只是剛好我遇到妳，而我，喜歡妳！」

「喜歡是一種情緒，愛卻是一種情操，是堅定的意念啊！」

「對，妳說得對，愛是一種堅定的意念，而妳無法阻止我愛妳的堅定意念。就像台灣第一個登上聖母峰的高銘和，我們土木系的老學長，他憑著一股堅定的意念登上了聖母峰，最後犧牲了雙手征服了別人口中的不可能。妳得相信我也能改變，至少我能在妳身邊時。十年只是個數字，能認識妳就是奇蹟，而從奇蹟創造什麼，妳就期待。」阿噹挺起胸脯，綻放出一個燦爛的笑容。

呦呦心中的某道鎖，喀啷一聲的被打開了。她靜靜的不說話，腦子裡卻一片混亂。

☒

行政大樓裡，醞釀的是對學生的殷切心，關心情，我對呦呦妳的是「不變的心」，只因為妳給我的「驚奇」，不是流雲般的倏忽即逝，而是亙遠流長，最優雅雋麗的那一顆星！ ▶

35 「書」情爵士

　　晨光初露的早上，像是有著強悍旺盛的生命力，讓鹿呦呦今日前往虎尾的「訪書行」有了一個好的開始。

　　從校園出發，鹿呦呦隨著一行老師前往和向朝陽董事所約的地點，此行的目的是訪問向朝陽董事捐書致贈中原大學一事。在訪書行之前，她只覺得這應該是一個單純制式化的訪談，但訪談越是偏僻入裡，越是仔細聆聽，越能感覺那是憶當年的話家常，那是輕鬆自適，是一種尋根、感恩、回饋、再分享的優雅涓流。

　　鹿呦呦在訪書行之前略做過功課，知道向朝陽董事是中原化工系的老校友，創校以來始終與中原保持緊密聯繫，並且在民國六十八年兼任中原大學董事會董事迄今，以「校友」的身分參與董事會，既有使命感也有榮譽感，這種感覺就像是還在中原大學裡活躍的一份子一般，參與著中原大學的大小事。這次希望能夠代父捐贈一批線裝的漢字文史書，科技與人文環環相扣，家學興學生生不息，呦呦對於向董事出身理工卻擁有濃厚的人文修養，感到十分敬佩。

　　聽著他回首當年在中原的求學過程，呦呦看得出那種珍惜與驕傲的情感溢於言表。

　　「我還記得當年第一次來中原大學時，聽人說學校已經到了，但卻沒有看到校門，只看到一棟用紅磚砌成的懷恩樓，那時候我心目中夢想的『大學』夢想幻滅，當場感覺就是快要哭出來了。」向董事邊說，臉上邊揣摩著當時驚訝又失望的表情，惹得所有參與這次訪書行的老師呵呵笑。「但是我心裡想著『既來之，則安之』雖然這所大學和我想像

中的不同，但既然千里迢迢到此，一定要有所收穫，才對得起自己與家人，所以大學四年我潛心於精進自己的課業，為往後發展奠定了良好基礎。」

「向董事真是難得啊！」一位老師這樣說。

「我始終相信中原大學是上帝所扶持的學校，只要大家常懷著感謝上帝與感恩的心，攜手為學校努力，相信中原大學將成為國內外知名的一流學府，讓『全人教育』理念生根萌芽。這也是為什麼中原大學會是我捐書地點的選擇之一。」

「對此我們感到十分榮幸。」

「我在雲林老家留有一批先父傳下來的古漢文藏書，這批珍貴藏書是日據時期日人三屋清蔭先生所有，後由光谷清森先生收藏，他們當時在離開台灣前再轉贈先父留存。由於藏書年代久遠，部分古本藏書略有蟲損。我亟盼這批書籍能善盡古籍使用的功能，並讓具有專業的相關單位妥善管理修繕，得以長久保存，且盡量為大多數讀者所使用，勿落

駛進，駛出的世代交替，腳踏車勇士，摩托車精靈，交錯，編織；曾經的狹窄，現在的遼闊，一切 just only you ……　▶

為專人所有；更殷切期望能妥善保存藏書的狀況，勿像前人保有的珍貴標本，卻任其廢棄損壞。這是我捐書的原始初步構想。」

「我們一定會盡最大努力來保存這批珍貴的古籍的。」呦呦衷心的說。

「在中原大學裡的求學對我而言，是一種很扎根的學習，校風優良，『四不』的戒律也影響當年在中原大學求學的我們很深遠，若是以一個詞形容中原大學，我想『淳樸』是再貼切不過的詞兒了。所以我抱持著的感恩心情，捐贈這些書籍，回饋中原，關愛中原大學走向全人發展，是期許也是種使命。」

整個訪書行快近尾聲時，向朝陽董事問道：「現在的詩班還有暑假巡迴嗎演唱嗎？」

「還有呢！」呦呦笑著問答向董事。

向董事對音樂有特殊的興趣，曾是中原大學合唱團首任指揮及台北中山基督長老教會與日本東京台語教會聖樂團指揮，在日本留學期間

「四不」戒律：不抽煙、不喝酒、不跳舞、不賭博。 ▶
「四部」定律：成長、尋根、回饋、感恩。

研習電子琴之編曲與演奏，曾在母校中正樓禮堂及各地舉辦電子琴獨奏會，是首位將電子琴音樂引進國內，而造成風靡的關鍵人物。

　　大學期間，他還經常在週末舉辦唱片欣賞會，並結合幾個喜愛唱歌的同學組成詩班，由郭惠二教授用全校唯一的風琴伴奏，這個詩班就是中原大學教職員詩班的前身。寒暑假期間，他也常率領詩班到校外傳福音，這個傳統沿襲至今，對一所沒有音樂科系的大學來說，相當難能可貴。

　　結束了這趟訪書行，鹿呦呦心想，一個學校的辦學態度，不僅影響學生的學習，更是會影響一個人的心智。向朝陽董事，在中原大學求學期間看到老師們腳踏實地作學問的精神，無形中也被潛移默化，使得他在北醫他秉持著他在中原所渲染到的淳樸、踏實的態度教書。其認真負責的精神深獲肯定，更讓他成為北醫第一位以「非退休教授」身分拿到「名譽教授」殊榮的人士。

　　沒有太多想法，只想單純回饋的心，在向朝陽董事身上，我看到了見證，是一步一腳印的中原，薰陶出這般氣息，我喜歡這種誠懇的他。鹿呦呦心裡這樣道著。

⊠

樹下的幸福拼圖

　　難得悠閒的午後，阿噹下了課，心情以一種軟綿綿的舒暢姿態勾勒出上揚的嘴角，口中哼著輕快的樂句，腳步也隨著節奏飄飄然，走在熟悉到不能再熟悉的校園，圖書館前一大片的綠地妝點溫柔的五月天，風景很美好，空氣都在笑。阿噹正沉醉於這充滿詩意的擁抱中，目光不經意地停留於坐在樹下的那對情侶。

　　好像拍偶像劇一樣呵！只是鏡頭沒那麼唯美。透過光圈飄落飛舞的細沙和優雅的小灰塵，周圍充斥著小孩的高分貝和咯咯笑，幾隻黑狗胡亂的奔跑，還有一群剛剛睡醒的大學生搖頭晃腦的經過他們的身邊。

　　整個畫面有點雜亂，可是反而比較真切。男生的手繞過女孩的肩，口中說些什麼，手指一邊捲弄著女孩的長髮，眼睛深情款款的放射一股電波，溫柔得像一隻依偎在腳邊的貓，輕輕的喵個幾聲就令人全身酥麻。女孩是一個很認真的聆聽者，全力接收電流的頻率，附和著他的

◀　綠蔭下，樹老守護著只屬於兩人的幸福世界，我的心，輕擺著，聞到一股幸福的甜蜜滋味。但我卻只想用我寬厚的臂膀輕輕 hold 住對妳那份心悸的愛戀。

柔情蜜意，露出一抹甜美的笑，嫵媚的眨了眨眼。阿噹雖然聽不到這齣戲的台詞，但他能肯定這是一部極為感性的文藝片呀！也許男的對她說：「等一下帶妳去吃炒麵！」（這樣好像太不浪漫）或者：「妳真可愛！」甚至像「我會愛妳一輩子」這等可笑的謊話，不論怎樣，女孩的表情是欣然接受了，嬌滴滴的臉蛋泛起兩圈紅，然後輕輕的把頭靠在男生的肩膀上，閉上眼，阿噹能感受到淺淺的睡意，這樣的氣氛很容易讓人暈眩，是愛情的關係嗎？樹葉飄下幾片，搖擺，旋轉，臥地。

　　阿噹為他們鋪設了各種的情節，腦袋裡的男女主角不知怎地換成了自己跟鹿呦呦，他靦腆的看著靠在肩上的鹿呦呦，顫抖的手撥去她臉上被風吹亂的細髮，有種很甜很甜的香味，是什麼牌的洗髮精呢？居然有幸福的香味！「阿噹！你在發什麼呆呀！」阿噹驚了好大一跳，深怕被人發現自己的祕密，一回神，原來是人稱 A 片中盤商的室友大野狼呀！

陳舊的老房子，沒有強光水銀燈，不見眩目的
色澤。積善之人自有安康之路；積善之家在普
仁崗上極多！

「吼～嚇死我了！幹麻那麼大聲啦！」

「嘎哈哈～你剛剛很呆ㄟ！好了好了，不跟你哈拉了，我急著去找小紅帽，再遲到我就要被砍了！來去～」

「掰拉，幫我跟大嫂問聲好！」阿噹抓了抓頭髮，剛剛的美夢進展到哪兒啦？大家都有女朋友了，唉。

　　樹下的小情侶還在散發濃濃愛意，阿噹心中癢癢的，好羨慕呀！思緒裡逐漸模糊的影像還盤旋在心中，我們可以像他們一樣嗎？我該為妳選擇哪種季節？天空該是什麼顏色？在下次邂逅的一瞬間，用怎樣的角度迎妳？雙手該擺哪？以什麼樣的姿勢與妳攀談？深怕一恍惚，便碎了一地的琉璃，再也拼湊不出最初那令人心悸的愛戀。

　　愛情該是如此的**小‧心‧翼‧翼‧**嗎？以後我們會怎樣呢？

☒

37

消失與復甦的傳統

「學校一定要有好傳統，沒有好傳統就稱不上一流大學！」阿噹細細咀嚼著鹿呦呦最近時常掛在嘴邊的這句話，那種似懂非懂的感覺在心中迴盪。

「阿噹！你說這個『呆』字是不是很有藝術？」騰宇學長突然冒出了一句無厘頭的問句。

「『呆子』？學長，就算我微積分三修你也別拿這個來取笑嘛！」

「此『呆』非彼『呆』！難道你都沒聽說過土木系的『十呆書法展』？那可是集結了土木系英雄好漢的書法展耶！」騰宇學長邊說手還誇張地做出黃飛鴻般的姿勢，「別以為土木系就是做些土木或水利工程，說到人文素養可不比文學院差；光看那些足以比擬王羲之等大家的的篆隸和行書草書，還有人嘗試魏碑文體，就可以想見我們土木人不土又不木。」

「真的還有時間練書法嗎？」阿噹想到佛地魔那些教授們大筆一下，寫出來的字全是「當！當！當！」，渾身雞皮疙瘩都起來了。

「這裡頭所蘊含的不只是不同專業領域上的連結，而是土木人那種如快樂的傻瓜般面向全人精神的學習；另外還有土木系專有的烹飪比賽、土木盃棒球邀請賽、橋藝賽等，全都表現出土木人文武雙全的特質。」

「我怎麼不知道土木系還有什麼烹飪比賽、棒球比賽、橋藝比賽啊？」

「哦，那是土木系以前非常受歡迎的傳統活動，你們這些新進的土木菜鳥無緣參與當年的盛況啊。」

即使初秋，太陽依舊熱得可以將人烤焦，這天是學校當年「中國工程學會」成員回來母校團聚的日子，大家一回想起當時的豐功偉業，即使平時惜字如金的老學長也都暢談了起來，整個會議室沸沸騰騰的氣氛，好不熱絡。

　　望著對面一排學長一個個侃侃而談，看看身旁拉他來當臨時演員的學長，阿噹心中懷疑著中工會真的有那麼好嗎？

　　發言的是二十年前負責當時科技展的徐常柏學長：「那時候我們準備科技展，主題可謂是未演先轟動，當時在圖書館辦科技展至少就有兩屆的歷史，印象最深的莫過於電動車軌的排演，我們請了設計學院的人幫忙，整合了室設、商設的專業推出了這場科技展演。」

　　另一位老學長又補充說：「除了電動車軌之外，還有氣墊船、風車等等，記者都爭相採訪呢！」

　　「當初成立時學會幹部是跨系所的，全靠著學長學弟間革命情感

◀　呦呦，阿噹，請請請進，健身休閒請隨意！帶
　　著你們的熱情與好奇心進入體育館大門吧！
　　You'll be very welcome anytime.

的傳承，沒有女生成員的吸引，全是一票熱血青年，學校的支持、充分的授權，都是使中工會持續成長茁壯的原因。」

　　在一片和樂融融的氣氛中，大夥兒相約今年五十周年校慶再見。

　　跟學長一起走在木麻黃底下，阿噹不禁提出心中的疑問：「騰宇學長啊！怎麼我剛剛聽那些中工會的學長們說的口沫橫飛，而且感覺超有趣的！可是老實說，我剛入學時要是沒碰見你，根本不知道原來我們學校有一個叫『中國工程學會』的社團耶！」

　　「唉！說出來也不怕你笑，你應該知道我們學校有許多的老傳統吧？」

　　「知道啊！怎麼？」阿噹想到鹿呦呦平時跟他說的那些話。

　　「這些傳統裡又分消失的傳統和復甦的傳統，你剛剛聽到學長們說的那些都是過去中工會盛大期所舉辦的活動，而且當時的中工會是學校第一大社團，社員數百人，可是現在的中國工程學會卻不復往日盛況。」

　　「時代衝擊下的結果？」

你白色的身影滿佈糾結的藤蔓，四季的建築模型在我腦海中駐立已久。為了能再一眼重續過往情，我徘徊的腳步聲不是美麗的錯誤，我不僅是歸人，也是睽違的故人。

「應該説隨著社團發展越來越蓬勃，大家多了更多的選擇，康樂性、運動性這些社團漸漸取代學術性社團！你聽過『煦馨啟曄』嗎？」

　　「最近在活動中心宣傳的那個活動嗎？」

　　「對啊！『煦馨啟曄』應該就算是復甦的傳統之一吧！」

　　「哦～怎麼説咧？説實在的，我不知道那是什麼耶？」阿噹搔了搔頭，不好意思地説。

　　「啟曄會最初由物理系學生會在民國五十六年成立，目的在於訓練各學會、社團領導人，為的就是要激發中國青年對社會、國家的強烈責任感；訓練青年的組織能力，使青年熱烈的將一己之力貢獻給團體，發揮青年人的巨大潛力。」

　　「哈哈～聽起來真熱血！」

　　「啟曄在每年暑假尾聲都會舉辦一次三天兩夜的群英大會，主要的節目分為兩類：一是課內專題演講，另一個是課外各項競賽，」騰宇接著説：「領導能力需要多元能力的整合，而煦馨啟曄正在為這群未來的青年領航人注入領導能力的基因，上課很紮實，訓練的活動都是嚴格的考驗！就像一個五星級飯店的大師，那做出來的食物絕對不能只有表面好看而已，必需讓品嚐美食者在視覺與味蕾同時獲得滿足與高等的評價才行。」

　　「哇，説的好像比華山論劍更厲害！」

　　「哈哈！你這個金庸迷，不過學校大部分的人跟你一樣，根本不知道我們學校曾有中國工程學會和煦馨啟曄這些社團活動。」騰宇感嘆著。

阿噹看著騰宇學長，思考著剛剛聽到中工會學長們説的那席話：

　　「一個理念的傳承，必須有新的生力軍；而傳承不只是傳承事，而是傳承心；學術性意義在於對於專業領域能夠有所精進，不是盲目空闖、也不能停滯原地踏步行。」

　　陽光灑落在騰宇學長及四週的路面，阿噹趕上騰宇的腳步對他説：「學長，安啦！你這麼強，一定可以再將中工會發展起來的！」。

⊠

有幸與你留下一段生命中共同的軌跡，我們在
離陽光最近的地方遠眺，讚歎每一陣飄揚的南
風，猜想每一線陽光的旨意。在湛藍無雲的晴
空下大聲呼喊，那年的夏天終歸是我們的了。 ▶

38

山中美樂地 • 繾綣螢光情

　　風不停地在耳邊呼嘯而過，路則是在眼前無止盡地蔓延。

　　坐在他的機車後座，突然懷念起昨天的畫面，時間怎麼會過得這麼快？然而，每一時記憶都歷歷在目，每一分感動都持續回盪。

　　一路上，五味雜陳，只默默地看著泛黃的舊場景一一上演。

　　「白蘭部落？」還記得幾天前你近乎傻掉的表情。

　　「對啊！資管系的同學要去幫助他們，我也挺好奇的，剛好期中考完，何不一起到郊外踏踏青、呼吸一下大自然的新鮮空氣？」

　　「那邊我常去啊！尤其在這個季節。」他有些陶醉地。

　　「原來你知道？」這下可換我驚訝了！

　　「騎車大約一個多小時，位於新竹五峰鄉，是泰雅族的小村落，每到這個季節，就會亮起來喔！」他自信滿滿地說。

　　「亮起來？」只對這段中原與白蘭邂逅史略為知曉的我，實在是聽的一頭霧水！

　　「哎呀！沒有神秘感就不會讓人期待啦！怎麼樣？要不要去？」

　　「騎機車？」我簡直不敢相信！現在的大學生都這麼猛喔？

　　「不然勒？」他一副理所當然！現在的大學生都碼是這樣！

　　很久沒坐機車了，而且還是坐那麼久。那根本就是完全屬於ㄍㄧㄣ ing 的狀態。還真是「這次第，怎一個累字了得？」唯一支撐的力量，大概就是想親自揭開它神秘的面紗吧？！

　　「妳累了嗎？」他學著電視廣告「螢牛」的口氣問著。

　　「應該是你比較累吧？」我回報著他的體貼和細心。

「我沒關係！習慣了！到新竹是小 case，最遙遠的距離，不是真實的距離，而是心上的夾縫令人難以呼吸。」

　　「嗄？」時速似乎變快了，風的聲勢也更加浩大。

　　當機車越爬越高，空氣也越趨清新，周圍瀰漫著淡淡的夢幻白紗，涼而不寒，彷彿置身在人間仙境般，有種難以言喻的暢快！

　　「緣起？」他的聲音把我從白日夢中喚醒了。

　　「對啊，為什麼學校的資管系和白蘭部落會結下不解之緣啊？」阿噹一邊停著機車，一邊突發奇想的問。

　　「其實說起來挺妙的，最初的原因，是因為問路。一問之下，就搭起了緣分的橋樑。八年前，學校課外活動組的言光誠老師在電視上看到白蘭部落盛產甜柿的消息，隔天就帶著全家去一探究竟。其實甜柿很早就賣完了，不過很巧的是，問路問對了人，白蘭部落的熱情直接帶言老師去山上採，當時還看到了對都市人來說難得一見的雲海。後來每年十一月都是他固定敘舊和採購的季節，直到一年多前，他發現山上經營狀況有困難，下山後立刻找熱心推動『數位服務』關懷的資管系，希望他們能幫忙白蘭部落的原住民做點事。」

　　「怎麼幫呢？有達到什麼效果嗎？」

　　「當地居民經營觀光休閒農業，只知道努力蓋民宿、種水蜜桃，卻不知道如何經營和行銷，所以他們從架設一個網站開始。也因此每次上山都受到部落居民熱情款待，結識了許多好朋友！甚至出錢出力幫忙規劃『發現白蘭居』的活動。」

乘憶舟同學，中原資管的學生代表，領導著一個熱心團隊，總是不遺餘力的為部落圓夢！從一個小小的服務動機，締造了文化傳承的血脈延續以及商業發展奇蹟！

　　「感覺很不簡單！他們應該經歷很多困難吧？」

　　「當然囉！人力、金錢和資源都是不可或缺的成功因素，那是多少人絞盡腦汁的用心，又是多少人無怨無悔的不斷付出努力。」

　　風，還是盡責的跟著，彷彿默默地守護著。

　　路，還是無盡的延伸，彷彿要到天涯海角。

　　昨天是白天，現在卻是深夜。

　　昨天是展開，現在卻是回來。

　　暗夜中，似乎有什麼在閃動，可是坐在機車上的我，只覺身旁的事物迅速掠過，唯一可以肯定的，螢火蟲來「相送」了。

　　「妳可以睜開眼睛了！」他說要給我看神秘的驚喜，所以得先閉上眼睛，牽著手走一小段路。

　　「天啊！」我簡直不敢相信這幅景象會出現在眼前，黑幕不是夜的唯一色彩。天上有星光，地上有螢光，兩相交織成忽隱忽現、若即若離的光點。滿山遍野盡是光圈，彷彿伸出手就能抓住幸福，那一股莫名的震撼，幻化成清泓，在心上淙淙。

　　「很讚吧！這就是要給妳的驚喜唷！」他像個孩子般笑開了。

　　「這是人間的流光啊！真的是『此景只應天上有，人間難得幾回聞』啊！」

「牠們是屬於自然，屬於這裡，有緣才能和我們相遇。」

「白蘭部落真的亮起來了，真希望這幅美景能讓更多人欣賞！陶醉在自然的螢光中，是最美麗而真實的夢！」我的心也亮起來了！

「牠們現在一定在享受自由戀愛吧！用光和熱去照亮所愛！」他說的很投入，好像自己也是一隻螢火蟲。

「也許上輩子，我就是一隻螢火蟲。」天啊！會不會太心有靈犀？

「對了，還記不記得之前上課我問過你們一個問題：『如果你是一種交通工具，你會是什麼，為什麼？』」靈機一動，突然想到可以用這招來扯離話題。

「記得啊！大野狼說他是一部戰鬥機，所以可以衝得快，攻擊力強，這說法實在是超沒創意的；文哥說他是一部腳踏車，凡是慢慢來就好。妳猜，我寫什麼交通工具？」

「是地上走的還是天上飛的？」

「我希望我是一部時光機，真想到前世去看一看，我們是什麼關係。」他一本正經地說。

「我不確知上輩子是不是一隻火金姑，但是『今生事，今世畢』，我是你的老師！」

「也許我們前世就是一對螢火蟲，在這片無憂無慮的天空中雙宿雙飛。簡單、平凡，卻很幸福！」他真的很認真地在沉思。

夜晚繁星微微閃爍，隱約點綴夜的軟弱；俯視大地點點螢火，誰

能看見月亮寂寞？倏地他的臉色黯了下來。

「怎麼了？心情不好嗎？」我小心翼翼地問。

「夜半薄霧緩緩飄動，彷彿陷在幻境之中；仰望天空流浪雲朵，思念心情有誰能懂？」他輕輕地著唱。

是新詞嗎？又要暗示了嗎？又要答案了嗎？又要再一次拒絕嗎？

不想。

至少，不要在這個時候。

多想讓「山中美樂地，繾綣螢光情」這美好的一刻永恆停留。

時間是會停留的，我深信。

現在經過的每一個景點，都和來的時候一模一樣。

風不變地吹，路也依舊在眼前。

可是心情呢？

⊠

◀ 多少人絡繹不絕、徘徊來回在五十年的校門。然而，在屬於愛情的世界裡，只有入口可行，無解的出口靠自己！

₃₉ 埤塘守護者

早上八點，阿噹的手機突然像噪音一樣叫囂不停，來電顯示：
文哥。

「喂，」阿噹懶懶地説。

「快來學校，有好康的，還有，順便把你的攝影機帶來。」文哥
温和地説完後竟刻斷線。

阿噹只好勉強張開眼睛，起身，刷牙、洗臉、穿衣服，迷迷糊
糊的來到學校，文哥只跟他説「陳埤塘」是一位值得敬重的校園傳奇
人物。

陳教授有一張福氣的圓圓臉，沉靜內斂的眼神藏在細框眼鏡後，
平和憨厚的笑時常綻開頰邊，平整的西裝襯托出他穩重的氣質，他説起
話來有如君臨天下，支撐在背後的卻是他的虛懷若谷。阿噹凝視眼前這
一位解説員，其實是學校室設系的教授，手邊小小的攝影機溢出灰黑的
光澤，拍攝著桃園地區獨特的埤塘風景。

「埤塘是最好的教室，空間就是富麗的文本。」陳教授對埤塘有
深度了解，就像一個人對他的情人探索愈深入，愛愈濃。

「哇！阿噹你看起來精神百倍耶！」文哥故意用反諷法來形容他
萎靡的氣力，血紅的眼絲。

阿噹啪地一聲打向他的後腦杓説：「你破壞我本來想去上課的衝
動，我今天滿堂耶！」

「你會去上課才怪，八成又熬夜看影片了。」

「好啦，言歸正傳，你今天找我來拍埤塘做什麼用，那一個陳埤
塘好像語重心長的樣子，他跟埤塘之間有私人的恩怨嗎？」

「私人恩怨？陳教授是埤塘的守護者，我們學校附近到桃園這一帶的埤塘，都是他多年來大力提倡埤塘生態的保護。」

「那些埤塘有什麼功用啊？」

「阿噹！我就知道你跟大野狼和陳小春不一樣，對陳埤塘有興趣對不對？埤塘啊，涵養水源，灌溉農田養殖魚蝦，儲蓄雨水，也是一個富饒的生態圈。只是這些埤塘命苦，被後人藉土地開發的理由大開殺戒，所以陳教授可說是用心良苦，他一直在進行這樣一種維護埤塘生態的活動和演講。你知道，眼睜睜看有價值的東西沒落或者慢慢死亡，也會牽痛自己的心。」埤塘一圈一圈的波紋泛漾如歌聲響自老年人記憶中，但是後代不甚明瞭，大肆破壞殆盡，畢竟多數人都聽不見那一縷飄飄渺渺如煙的歌啊！

「人不親土親啊。」陳教授突然迸出這句話。

環境遷移改變是無可迴避的彎路，那時候也許太突然的大轉彎力道過猛，我們來不及抓牢些什麼，因此失去了一些東西，只有一些東西嗎？對某一些人來說，也許失去了生命的本質與根蒂。

「這些埤塘象徵著先民的智慧，我們每一個人都沒有資格破壞它們。」陳教授說。

大家一同望著校園稀稀落落的埤塘，阿噹的攝影機也停下動作，他突然十分渴望從小叮噹的口袋裡掏出一扇任意門，回去陳埤塘老師口中的埤塘世界遊歷一番，體會他的感慨與期許。是啊，人總是想要時光倒流重返某一個場景，以改寫來日令自己憾恨的悲劇故事。

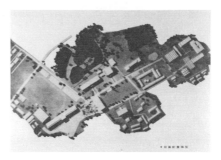

▲ 每一座校園都是崩落的碎片重組新建的舞台，每一張地圖都是人前偉大、人後艱辛的創作。呦呦說：「噹仔，懂人生的人知道，它不是如你所想的並列英文單字背不熟，你看埤塘縱橫，還原土地原貌；喜悲共舞，顯示生命真貌。」

他又開始心不在焉了，攝影機繼續錄下這一天的光景，時間在輕輕的挪動，陳教授的表情映著烈日，臉上閃現懷舊的微光，看起來更像一個駐守城門的衛士，埤塘如鏡面照出了閃閃現現的雲的倒影，隨著時日的沉澱，這一則空間的傳說，或者也可以解讀成時間的寓言，也會像老奶奶那個充滿古代故事的木盒子，輕輕開闔，依舊保存著最美好的回憶吧！

離開的時候他彷彿聽到微微聲響，埤塘的相機，喀擦一聲，為歲月留下紀念。

順道繞過了上課中的教室，他好笑的想著自己應該坐在那裡頭才對啊！手機上顯示著16：25，現在他是想上課也無力可回天了，沒辦法。

他繞到全人教育村，經過一零八教室的時候，瞥見講課的鹿呦呦在台上，趕緊回過頭偷偷再看幾眼，心裡不由得聯想到中世紀的圓頂皇宮裡貴族般高貴的公主和一個以逃亡編織生命的武士之間的愛情故事。

陳教授原來跟他一樣有著堅持與傻氣。

陳教授，埤塘的守護者；阿噹，呦呦的守護者。

⊠

40 「莎米貝爾」的幸福滋味

　　晚風徐徐吹送，窗外的樹葉款款搖擺，鹿呦呦的心情隨著工作告一段落而雀躍起來，即使經歷了一整天課程的疲勞轟炸，她還是按捺不住那顆想飛的心，邁開步伐，踏著米白色的高跟鞋往恩慈宿舍旁的小門逐漸移動。

　　漫步在校園旁遠近馳名的美食街，鹿呦呦感覺既輕鬆又自在。傍晚的美食街還沒熱鬧起來，絢麗的晚霞努力透露出最後的絢爛。

　　來點會讓人幸福的滋味吧！

　　三分鐘後，她來到莎米貝爾的門口。

　　「歡迎光臨！」店員親切的問候著。

　　看著架上各式各樣的麵包，鹿呦呦眼中閃耀著興奮的光芒，開心的表情彷彿是挑選著玩具的孩童，她愛極了這兒的甜點。

　　「吃哪一種好呢？提拉米蘇，還是抹茶口味？要買烤布丁嗎？還是要選香草泡芙？」鹿呦呦喃喃自語地猶豫著。也許她心中早已有譜了，瞧她眼睛直盯著冰箱裡點綴著草莓，看起來華麗又不失精緻的烤布丁。

　　「當然是選烤布丁！」耳邊突然冒出一個熟悉的聲音，竟然是阿噹。

　　「咦？為什麼？」鹿呦呦先是愣了一下，她驚訝著阿噹的出現，也意外著他的選擇。

　　「沒有為什麼啊！純粹是個人意見啦！酸酸甜甜的，還不錯吃囉！」阿噹說。他看著鹿呦呦驚訝的眼神，心裡覺得好笑，她看著烤布

丁時如此專注的眼神，要不發現她的喜好實在也難。

　　鹿呦呦一面帶著微笑，一面聽著阿噹的分析。「賓果！」鹿呦呦表示認同。

　　「還有，老師，你一定不知道這家店名字的由來吧！」阿噹極富興味的看著鹿呦呦思考著。

　　還沒等鹿呦呦開口，阿噹就接下話了。「其實莎米就是台語的『什麼』的諧音。而貝爾呢！則是英文『bear』的意思，莎米貝爾也就是『蝦米熊』。所以這家店的 logo 是熊熊。」阿噹儼然如小專家一樣像鹿呦呦解釋其意。

　　「是嗎？」鹿呦呦當初是被莎米貝爾溫馨的店面外表所吸引，而又被它供應的各式口味的泡芙和精緻小蛋糕所擄惑味蕾，不過她還真從未去探究這有趣的店名來源，如今真有恍然大悟之感。

　　「剛剛也算心有靈犀吧！這樣，老師，我請妳！」阿噹自信地說。

　　「好！你請客，我出錢！」鹿呦呦也挑了挑眉爽快的答應。

　　走出莎米貝爾，阿噹陪著鹿呦呦走回全人村辦公室。夜慢慢落了下來，華燈初上，美食街逐漸展露她的繁華，她的風情萬種。櫥窗裡，五顏六色的華服，紅的、綠的、黃的、紫的，爭奇鬥艷；路旁攤位琳瑯滿目的小飾品，璀璨而奪目；各式各樣的小吃攤販，應有盡有的各國美食餐館，照顧到所有想大快朵頤的人的胃。人潮一波又一波，在熱鬧滾滾的美食街流動著。

提著手中的烤布丁，鹿呦呦和阿噹穿過人聲鼎沸的美食街，也穿過了校園，來到了全人村。美食街的熱鬧氣氛並沒有感染到夜晚寧靜的校園，鹿呦呦跟阿噹道過別後，捧著手中的烤布丁，按下到九樓的電梯鍵。沉默的空間中，她只聽得見自己腳下的高跟鞋摩擦著瓷磚所發出的聲響，但當她看見手中的布丁時，呦呦知道自己並不孤獨，她想到蝦米熊，她想到那酸酸甜甜的滋味，她想到阿噹。

　　她微微笑了一下，緊緊握住手中的幸福滋味。

⊠

普仁樹下，禁煙、禁酒、禁舞、禁賭；普仁崗上，歡迎愛情、歡迎回憶、歡迎關懷、歡迎一顆年輕躍動的心！

41 文化小巨人

　　下課鐘響起，阿噹迅速地收拾東西直奔全人教育村，「不能遲到，不能遲到啊！老師說這是很重要的事情。」

　　當他到了全人教育村時，鹿呦呦要他直接到瑞麗堂，「啥啊？該不會是要我去聽基督教的東西吧？」雖然心中有點小抱怨，不過既然是鹿呦呦交代的，那當然每句話都是聖旨囉！

　　「還好趕上了。等等讓你見識一場偉大的盛會。」鹿呦呦領著氣喘吁吁的阿噹進入會場。原來這是一場企業公司跟學校簽約的儀式。

　　「這種場合要我來幹嘛啊？虧我還跑得那麼快。」阿噹心中不禁犯著嘀咕。

　　「你看，這是一個嶄新的時刻，大學生不再只是關在象牙塔中閉門造車的書櫥。未來我們的學生能在畢業後即有企業的扶持，你不覺得很感動嗎？」鹿呦呦對於學生的前景發展總是存著無比的熱情。

　　「好啦！妳說的算啦！雖然我真的覺得超無聊。」阿噹在心中偷偷地抱怨。就這樣無聊的坐了幾十分鐘，儀式終於進入了尾聲，台上的老師跟企業公司老闆們一塊兒大合照。

　　這時有個畫面吸引住阿噹的目光，「妳看妳看，那邊凹了一個洞耶！」呦呦順著阿噹的目光看去，「喂！沒禮貌！那是人育學院院長──王耀方，他也是我們系上的文化導論的老師喔！」

　　隔壁位子的應華系學生也在討論著院長，「中國文化導論老師耶！哈哈！在人群中他果然會被淹沒！」

　　「昨天上課好可惜你翹掉，院長他兒子來課堂上發表一些他在紐西蘭的留學經驗耶！」

「真的嗎？長得帥不帥啊？」

「嗯，我只能説他的髮型超經典，順著耳朵向上30度角左右剃成一直線，形成了一個有點像倒三角形又有點像梯形的頭，而且他的T恤還紮在牛仔褲裡耶！很難得一見的人物，超復古。不過他們父子兩講話的態度倒是蠻像的。」

看著鄰坐應華系女生誇張的比手畫腳形容著，阿噹也忍俊不住地笑了出來。

「阿噹，你不要看我們院長一副正經八百的樣子喔！其實他是個冷面笑匠呢！他最不喜歡唸自己的名字，你知道為什麼嗎？」鹿呦呦像是拼命想勾起阿噹興趣似的問著。

「王——耀——方，嗯，不知道耶！」

「因為他的ㄋ、ㄤ分不清楚，所以他總是唸成ㄨㄢˊ耀ㄷㄢ啊！」

「哈哈，他真應該去上一下妳們那個什麼華語正音課才是。」

「啊，終於有笑容了，你已經沉著臉好一會兒了。別不開心啦！」鹿呦呦又露出她那一貫的療傷系笑容，至少，那對阿噹很有效。

快樂的時光總是過得特別快，才剛開始覺得快樂，儀式就要結束了。

「肚子餓了，我們一起去吃飯好嗎！」阿噹像是請求似的問著。

「不行！我下午第一堂有課，你自己去吃吧！」

「喔，好吧！那妳自己別忘了要吃午餐喔！」

她輕拍了阿噹的肩膀，旋身即進入了電梯。望著顯示逐漸上升的樓層，最後停在9樓，阿噹無奈的嘆了口氣。

在正要離開全人村時，阿噹看見翠綠的瓷磚上躺著一本紫色的小簿子，他好奇的拿起翻閱。原來是「學習腳蹤」啊！這是文學院超受歡迎的神奇小本子，通常是拿來做筆記本用途，不過在理工學院倒是稀少出現。

看來是應華系哪個糊塗學生搞丟的，不過裡頭字跡倒是挺工整娟秀的。哈哈，真巧，「中國文化導論」，王耀光老師，瞧瞧裡頭的內容吧！

全人的內涵，同心圓；西遊記，同心圓；文化的內涵，同心圓。真有趣，這個王院長還蠻喜歡同心圓的嘛！舉例都是用同心圓。

全人的內涵，全人的追求，全人的順序，值得一看的好書，西遊記取經之要件，人類思想之二分。怪哉，雖然內容還蠻發人醒思的，但這些跟中國文化究竟有什麼深奧的關係？

在書中其中一頁「我的疑問或困難」那一欄上，這個迷糊的學生問了這麼一個問題，「老師，我覺得上課的內容和課本一直沒什麼交集耶！那買課本有什麼功能呢？」

「沒錯沒錯！」阿噹心裡附和著。

「我們上課的內容是從廣義上去涉及中國文化，而課本則是豐富自己的見識。我希望你們從這堂課中獲得的不僅僅是書中知識，更是人生哲學、全人思想。」緋紅筆跡解答了一切疑惑，也傳達出全人的宗旨。

阿噹若有所思的沉思著。突然，一個想法閃過，不如就以歸還筆

記本為由，再去看鹿呦呦一眼吧！

　　按下到九樓的電梯，阿噹為著自己的小聰明沾沾自喜。握著手中的「學習腳蹤」，他不在乎什麼天人物我，什麼全人思想，他只知道他相信鹿呦呦所相信的一切。他是個無神論者，不過在鹿呦呦出現後，她是他唯一的信仰。

⊠

◀ 校徽的一筆、一劃，形塑著「篤信力行」的真誠紀錄。有形之物終有形滅之時，但沉澱在深處的信念如同陳年老酒般，越陳越香，越釀越醇。

仲夏Rock

　　夏天，一個離別的季節，鳳凰花開地如此艷麗，在陽光的陪襯下顯得更加的迷人。除了外頭的天氣炎熱到有點令人喘不過氣之外，此時一切的一切都讓人覺得平靜而愉快。

　　午後，熱音社的團員們聚集在活動中心外的廣場，為一年一度的期末發表會大肆的宣傳，希望能吸引到更多的同學一起共襄盛舉。

　　「晚上六點，在大草坪，熱音社期末表演，希望大家能準時到達，一起享受音樂的活力吧！」一群一群的熱音社團員們拿著大聲公在校內撕破喉嚨般，不斷地為今晚的盛會大肆宣傳。另外一頭，阿葉在大草坪的表演場地指揮著工作人員進行著表演前的最後確認，從場地佈置、燈光控制到音響、麥克風、對講機、耳機等等，全體熱音社社員總動員，大大小小齊心一致地忙碌著，為的就是希望能讓團員們能夠盡情順利地演出，讓台上台下都能盡興沈醉於這場音樂的饗宴中！

　　阿葉社長，有著纖瘦高挑的身材，削瘦的臉龐和栗子色飄逸的長髮，透露著不羈的個性，也讓人能隱約嗅到搖滾的氣息；豐厚的嘴唇、帥氣帶點純真的註冊商標，使他吸引了不少女同學迷戀的目光；至於他一貫風格的帽T和成天戴在頭上的鴨舌帽，更是讓他增添了一層神秘的色彩。然而最讓大家為他瘋狂的，還在於他那沙啞有磁性的聲音，加上站在舞台大將般穩健的台風，這些特點和認真負責的態度，使他接連幾屆被大家推舉為熱音社社長，帶領著這個號稱中原第一大的社團不斷地往前進、成長。

　　「It's my life……」一開場就是由「條碼樂團」帶來一首大家

耳熟能詳邦喬飛的成名曲，主唱嘶吼沙啞的聲音迴盪在整個大草坪之上；吉他手的快指遊走於神秘六弦間，跟著節奏一起激動的擺晃身軀；貝斯手低音的伴奏完全搭上吉他手飆高音的速度，合作得完美無間；Keyboard手的十根纖長細指在黑白琴鍵之間快速流竄，美妙柔和的旋律平衡了其他樂器的熱門搖滾，使得整首曲子有了更和諧的協調性；而鼓手—整個樂團中另一個核心的人物，掌控著整場表演的靈魂，充滿節奏性的鼓聲強烈震撼著現場所有聽眾的心跳。

　　台上賣力的表演著，台下爆滿的觀眾也毫不吝嗇的給予掌聲，跟著激昂的旋律又跳又叫High到不行，敞開身體所有細胞似地享受著這場音樂的盛宴。不知不覺很快地，節目已經進入到最後的尾聲。

　　「現在讓我們歡迎今天的壓軸『隼樂團』為我們帶來最後的高潮吧！」主持人透過麥克風高分貝的吶喊著，台下觀眾又是一片歡呼聲。

　　阿葉、阿噹、貝斯手和鼓手到達了定位，團長阿葉看了看準備好的團員點點頭做了示意。

　　「One、Two、one、two、three、four！」在鼓手輕敲鼓棒打了四拍後，阿噹一陣急促的掃弦，有力的槌、勾弦，刷扣出驚人的切分音；貝斯手在後頭彈著準確的節奏作為前奏；進入了主歌，阿葉跟著節拍也賣力的唱了起來，台下女生尖叫聲連連，瘋狂的叫著阿葉的名字，閃亮亮的眼神裡盡是無限的愛慕與崇拜。觀眾們忘我的跟著台上的節奏鼓掌打著節拍，打到雙手都泛紅了依舊熱情不減。

　　在副歌結束後是阿噹的一段個人solo，阿噹往前站了一步，踩下

腳邊的效果器,開始了整首歌最迷人的部分;身後的鼓手揮汗打著快速的節奏,貝斯手也努力地彈著低音的部分,為阿噹的solo做了最好的背景。阿噹閉上了雙眼不疾不徐地彈奏,用左手指尖去感覺弦的溫度,用右手中的pick掌握了弦的跳動,頭跟著鼓聲的節拍上下搖晃著,腳跟也輕輕在地上打著拍子;精采的滑音與顫音,不著痕跡推弦,精確的操縱著搖桿,手指在琴鍵上飛舞,左右手交叉的運用,人工泛音尖銳突出的聲音,帶來意想不到的效果!突然阿噹咬起pick,快速與靈活的點弦,十六分音符、三十二分音符的轉換使得這段solo像是變成了一個又一個音符跳躍在所有聽眾的面前,阿葉也放情地在台上跳著,在整首歌演奏完畢的剎那,台下的觀眾為他們鼓掌尖叫,這就是對台上的「隼樂團」最大的支持和鼓勵。

阿噹拿過了阿葉手上的麥克風,對著台下說著:

「接下來是今天我們所準備的最後一首歌曲,這是Luna Sea的I For You 雖然不是我們的創作,但這是我想送給知音聽眾的歌曲,這是我最真的傾訴!」

阿噹帶著感情彈奏著電吉他,pick輕輕劃過六根琴弦所產生的和絃好似都變成了一首又一首的情詩;一個個的單音,都是阿噹對呦呦的心願;一段段的音節,都是阿噹思念呦呦的每一個夜晚。

結束了表演,阿噹將自己的導線和效果器收拾好,背上了心愛的吉他離開了會場。途中,他看見不發一語佇立在橘紅路燈下的「她」,月光的投射讓腳邊的影子拖得好長好長。

「妳聽到我的歌了嗎？妳在想我？」阿噹沙沙的聲音，帶著尷尬又顯得緊張。

　　「對，想你。想你什麼都迷迷糊糊的，怎麼歌就唱得那麼認真？」

　　「我是什麼都迷迷糊糊的，只有對妳一點都不迷糊。」

　　「想你什麼都懶，怎麼彈起吉他卻那麼帶勁？」

　　「我很懶，我懶得連呼吸都不想，還常常躲在棉被裡快沒氣了才探出頭來吸口氣。可是我對妳從不偷懶，所以，妳愛我，對不對？」

　　呦呦笑了笑，他這麼明白問，她反而不好答。

　　這沉靜的夜，她也在心中索求一個答案。

　　但她心裡唯一明白的是，現在的大學生，不像她唸書的時代，對愛情的探索仍停留在一個蒙昧的階段。

　　那麼，她愛他嗎？

　　呦呦期待的愛情像白描，幾筆也能勾勒出玫瑰的神韻；阿噹給她

◀　「年輕的汗水不能白流，驕傲和痛苦也需擁
　　有。」妳聽見了嗎？我不悔的心為妳打出獨
　　一無二的節奏，我不變的意為妳唱出五彩繽
　　紛的笑容！

的是工筆，朵朵展現的是愛情的富麗；呦呦希望的愛是尊重、自由和信任，讓她感受溫暖與可靠；阿噹的愛卻是無私的友誼、給予和熱情，卻讓她感到動魄驚心；她想像她的摯愛就像校園裡的大榕樹，長年給她庇蔭清涼；阿噹倒像盛夏的鳳凰木，翠綠鮮活，酡紅醉人……。

　　也許是因為他只有二十歲，她反而不會去苛求他要多成熟，倒更能欣賞他的一片熱情和純真吧。

　　「今天怎麼都不說話？我有種不確定的感覺，感覺妳不屬於我。」
　　「我本來就不屬於你，也不屬於任何人，我只屬於我自己，你不了解嗎？」

☒

為什麼會有執著在紛飛？只能說是有熱忱在陶醉。複雜的心情交織在苦辣酸甜的邊界，輪迴在喜怒哀樂的深淵。最後的最後，才會懂得：盡力的付出，便是永恆！

43 甜西瓜詠歎調

　　阿噹不耐地用手撥了撥睡亂的頭髮，時序進入盛夏，沒有冷氣的宿舍燥熱難耐，他想，既然熱到睡不著，出去晃晃好了。

　　套上短褲，扱著拖鞋，戴上粗黑框邊的眼鏡，阿噹邊揉著眼打呵欠，邊緩緩走向活動中心。咦，前方一百公尺處一大片鮮紅的身影，定睛一看，不正是應華系的系服嗎！阿噹精神一振，走過去拍了拍人群中正聊得口沫橫飛的小光：「怎麼那麼熱鬧？妳們今天要舉辦什麼大活動嗎？」小光神氣地說：「今天是母親節合唱比賽呀，晚上六點音樂廳，我們第一隊唷，有空來捧捧場吧！」阿噹呵呵一笑：「合唱比賽啊，我對這種溫馨的活動沒什麼興趣耶，如果是樂團表演可能比較能吸引我喔！」小光揮了揮手，表示他們要繼續練唱了，阿噹於是又漫無目的地逛起既熟悉又陌生的校園，他邊走邊思索該如何打發今晚漫長的時間，忽然靈光一閃，應華系比賽，鹿呦呦一定會出席呀，啊哈，這下他突然對這個溫馨的活動充滿期待了。

　　其實母親節合唱比賽，是中原最古老的傳統之一，據說以前每年到的母親節前夕，學校裡總是到處洋溢著練唱的美妙歌聲，但這些年來，許多新的活動出現，分散的學生參與練習的時間，好像漸漸要掩蓋這個美好的傳統。阿噹心想，這不就跟人生一樣嗎！新的人、新的事物不斷出現，但到底有什麼是自己真正想抓住不放的？他心裡的答案，其實是清楚而堅定的！他想永遠陪在她身邊，他感覺自己越來越不能知足，他開始不滿意現實。一群學生的喧嘩聲打斷他的思緒，看看時間，現在去吃個飯還來得及，他邁步離開了樹蔭下的座椅。

六點整，人群魚貫地步入音樂廳，阿噹跟隨大家的腳步，眼睛卻像探照燈般銳利地搜尋著他心中那抹熟悉的身影。沒有，沒有鹿呦呦！阿噹心裡的驚訝快壓過於失望，也許有會要開、也許晚點到吧，他心裡默默安慰自己。

　　學校的柯樹仁老師神情愉悅地上台為大家簡單敘述母親節合唱的源起，原來是在創校不久的某一年母親節，當時學生窮，交通又不便，要回家是件難事，一群平常就愛唱歌的學生，決定去拜訪在校服務的修女Miss　Jonsen，因為她隻身來台，沒有親人在此，學生們決定唱歌給她聽，祝福這位遠來的校園慈母。過沒多久，有人提議，乾脆以後每年母親節來舉辦合唱比賽，一方面可以紀念這個溫馨感人的節日，一方面也可以藉以懷念在家的母親。於是，就這樣一年接著一年，四十四年來，這個活動總是盛大地在校園傳頌恩母情懷。

　　台上柯樹仁老師講得起勁，台下的師生也聽得津津有味，唯獨阿噹心神不寧地東張西望；這時教職員詩班開場獻唱，宏亮優美的合聲迴盪在整個音樂廳裡，他們吟詠、他們歌頌，觀眾無不聽得如癡如醉，時而低沉時而高亢的歌聲，每個音符都牽動聽者們的心。忽然阿噹感覺自己心被揪住，好像就快不能呼吸，鹿呦呦出現了！今晚的她穿著米白格子套裝，脖子上繫著同色雅緻的絲巾，長髮優雅地挽成一個髻，看起來是那麼高雅、那麼吸引人；但她並不是一個人，陪伴著她的，是一名彬彬合宜的男子。他面帶微笑，手拉著呦呦走向應華系的專屬位置，從他們的自然親膩的互動中，他知道那是她的好友。阿噹在黑暗中低頭看看

自己的短褲、拖鞋，手也下意識地企圖壓下睡醒後自然亂翹的頭髮，這一幕，對他太刺眼了，他無法直視他們，他感覺自己快要被撕裂開來。

　　第一隊出場的隊伍就是應華系，他看到鹿呦呦怡然地望向台上，男子低聲向她說了什麼，呦呦微微點著頭。鋼琴聲流暢地傾洩而出，聚光燈投射在每位女孩臉上，她們輕柔地用歌聲娓娓訴說魯冰花的故事，隨著節奏輕輕擺動的身體，是那麼令人感動，直到最後一個音符結束，全場如雷的掌聲響起，空氣中瀰漫著濃濃對母親的愛，連感傷的阿噹也不禁被吸引了目光，比賽隊伍繼續，有的溫馨感人，有的活潑輕快，有的創意百出，各有各的特色，也看出大家對比賽的用心，整個比賽就如同一場高級的音樂饗宴。

　　阿噹看著一列列的隊伍，眼裡鹿呦呦的身影卻像跑馬燈不斷閃爍而過；他很痛，他逼自己不要去看，但理智管不住自己，他看著她的倩影、她的笑容，這一刻，他明白那些都不屬於他。

　　中場休息後，台上燈光再度亮起，比賽結果要出爐了，但在頒獎前，每隊需先派一名代表上台，要做什麼呀？阿噹心裡不解。還沒公布得獎隊伍，但每隊都先領到一顆西瓜，台上台下掌聲四起，這又是什麼奇怪的場面？獎品是西瓜？阿噹一時忘了自己的難過，忍不住豎起耳朵偷聽旁邊那對情侶的對話，男孩也正疑惑地問他的女朋友這個禮物的源起，女孩滔滔不絕地解釋，原來這也是傳統之一，因為當時參與的學生也很窮，根本送不出什麼體面的獎盃，就有人胡亂地提議送個西瓜好

了，剛好五月西瓜剛上市，沒想到大家都鼓掌通過，後來想到沒得名的也要精神鼓勵一下，所以沒得名的一個西瓜，得名的多一個，而且當時比賽完後，大家都捨不得離開，三更半夜就在校園裡剖開西瓜，你一口我一口的吃，有感情的西瓜格外香甜！

　　阿噹看著頒獎典禮的進行，原來有那麼一層有趣的涵意，他只在乎鹿呦呦，未曾用心體會過身邊的美好事物，「妳要的不是愛情嗎？是我給錯了？」

　　人群再度魚貫地往外走，得獎隊伍一路高歌離開，校園裡橘紅燈光下，映照出每個學生們年輕喜悅的臉龐，微暖的晚風，懶洋洋地拂過他們飛揚的頭髮，阿噹深吸了口氣，在禁煙的校園點一根煙，邁步走向黑暗的另一邊。

⊠

孩子們總在此嬉笑跑跳，而我卻
走進了時光隧道。尋找久違的童
年風景，多想停留在妳孩提的記
憶，是否也曾在媽媽的溫暖懷抱
中聆聽著搖籃曲？

44 懷恩樓思念

　　望向西樓深處，心蝕，無言。

　　游離在癡迷和冷靜之間，妳一點一點侵蝕我的心，把它變成一口寂寞的深井，放下的希望都沉到底，只聽見西樓長廊孤獨的迴音……。

　　阿噹站在懷恩樓的噴水池旁，看著矗立在那將近五十年的歲月——懷恩樓，他想起了以前他與鹿呦呦在懷恩樓相遇與對話的點點滴滴。

　　「你知道懷恩樓以前舉辦過『拋繡球』的傳統活動，聽說很熱鬧，又受學生的歡迎哦！」呦呦的腦袋裡總有說不完的學校故事。

　　「拋繡球？誰來拋啊？如果現在懷恩樓還舉辦這樣的活動，妳的繡球肯定最搶手！」

　　「我？」

　　「呦呦，如果妳來拋繡球，我一定會佈下天羅地網。」

　　「然後呢？」

　　「搶下繡球，我們就成為天造地設的一對。」

　　「師生？」

　　「戀人！」

　　「我們像嗎？」

　　「要不要試試看？」

　　過去的對話像跑馬燈般地在他腦海不停地閃現，但此刻他知道，她在刻意避著他，他隱約感覺到脆弱的因子，在血液裡隱隱發作，滲透，流進了複雜相連的微血管，一種痛夾雜著憤怒與不解，他不想失去她啊！阿噹走上前去，阻擋鹿呦呦欲去的身影，兩人就如此僵立在西樓

的迴廊裡，空氣沉重地靜默著。

「為什麼不接我電話？」他的語氣溫柔，但仔細聽起來，仍有責備的意味。

「阿噹，請尊重我的感受，接受我的選擇。我們之間怎能容許愛情的存在？你對我的，也許只是初嚐愛情的陶然滋味。就像品酒，深諳滋味的人是淺嚐一口非耽溺的酒，不宜狂飲沉迷、身陷宿醉啊。」呦呦知道，她現在必須改變的是他的意志，不是他的理智。

「那這口愛情酒還真烈啊！」阿噹定睛看著低頭不語的呦呦，往前走上一步，想試著拉近彼此的距離。

「看得見的，都只是表面的解釋；看不見的，才值得尋味。阿噹，能認識你就已經是我生命中的驚喜了，我很珍惜。」

「也許我只是妳生命的一份驚喜，有沒有對妳沒有太大關係。可是我清楚明白了一個愛的人拼命去努力的感覺，這是妳給了我這份動力。呦呦，妳不是我的曾經，
妳是我生命中美好的序曲。」

鹿呦呦抬頭望進阿噹那雙
無助的眼，她真想幫他化開那

如果妳哪天在懷恩樓拋繡球，別擔心，我會以跑百米的速度及時趕到，
然後旋即佈下天羅地網，只因為，我才是妳的Spider Man。

一抹憂鬱，她明白，她傷害了他，更重重地傷害了她自己。

時間靜默，空氣凝結。

她望向他，無言，卻欲伸手撫摸他那張好看又真摯的臉。
他望向她，無言，卻有一股將她擁在懷裡的衝動。
她不明白，他為何能如此堅定?在他的眼裡她看見了她自己。
他要她明白，他是不會放棄她的，即使她無感在遠方遙望著的
他。
「『懷恩樓原是它的名字，可是每當我從學校大門口望向西邊
時，我更愛這個具有詩歌意像的名字 ── 西樓，如詩般的起源，更適
合它。』這是妳之前站在這裡，第五個拱形窗口對我說的，妳還記得
嗎?」阿噹看著夕陽映照在她美麗的臉龐輕聲地說。
她沉默，頷首，那是一段彼此交心的日子，她怎麼會忘呢？又
如何忘得了？
「妳跟我說，它是從民國四十四年就已經定居在此，是建校後的
第一棟建築物，將近五十年的歷史歲月，外衣早已從原來的洗石子換上
了一襲黃色的二丁掛，但僅只如此，它依舊在這裡守護著大家，日昇西
落，依然有妳最愛的夕陽斜映在迴廊上的美麗圓拱形身影，這道時光長
廊，穿梭著過往的景象，有每個人心中永不褪色的美好回憶，任誰也偷
不走，更重要的是，那當中，也有屬於妳和我的印記。那時我的心跟現
在一樣沒有改變，那妳呢？」他耐心，等著她的答案。

「我們的愛沒有明天！」她有感而發出慨嘆。

「不，只要我們相愛，我們的愛就會延續到明天！」

她感動，卻無法回應他的情深。只能努力地讓自己微笑，但這種笑，卻是努力從痛楚中擠出來的，好苦、好澀。

「如果我們的感情結束了，請記得我對你的真誠與感念好嗎？」

「為什麼我們之間要講『結束』呢？人跟人之間一定要有ENDING嗎？」

「花開花會落，一切順應著自然的規律；生者為過客，死者為歸人，人生又哪有不散的筵席呢？」

「妳是説生死嗎？這是沒辦法，老天可以決定。但是我們的愛，要不要有ENDING，這就不是老天爺可以決定了。我真的想跟妳創造不同的回憶。」

他看著她，握住她的臂膀，疲憊全寫在臉上，黑眼圈以及鬍渣已經説明了因為思念而幾天未闔眼的事實。

今天，帶著奢侈的煩惱和悲傷的重量，轉身 ▶
離開西樓，離開了我愛的妳，卻發現，我的
心，寄放在妳那兒，忘了一併帶走。

◄ 第四個禮拜的今天，愛妳的我，又來到西樓，遊蕩在記憶最深處，望著那片深藍塗著一抹銀色新月，傾洩不可遏止的思念。我們是地球邊界遙遠的兩顆心，守護著各自的寂寞。

「阿噹，師生的情緣永遠在，戀人的路上我們不同行。請你了解它，面對它，接受它，珍重它，放下它。」她淡淡卻堅定地說，這回，她真的離開了他。

他在二樓望向她離去的背影，繼續未完的獨角戲。

今天，他又因為思念，來到西樓的長廊，點起一根煙，不自覺地呼出一口氣，他心想，也許愛情就像抽菸一樣，只在點燃時不經意地瞥過一眼。因為抽菸，所以寂寞；因為思念，所以抽菸。

明月夜，月如鉤，燈已昇起，照亮了西樓。倚在樓閣，月亮樹陪在左右，看著眼前的一池幽水，安靜無語，此時無聲更有聲。阿噹抬頭望進那片深藍塗著一抹銀色新月，輕輕說道：「妳的腳一定很酸吧！因為妳已經在我的腦海中跑了一整天了。」

⊠

45

孤獨翹課天

　　吳谷育穿行在懷恩樓一面一面磚造的拱門間，像在今昔穿梭來去，重回母校所感受到的歲月變遷之感，令他不由得懷戀起往事種種。

　　「回顧時，有沒有一棟樓總穩穩矗立在原地？」吳谷育在內心自言自語。

　　儘管四周的風景變異，建築物也改建了無數次，有一棟樓仍舊忠心耿耿的守住一片小小的土地，未曾遷移。雖然它加蓋了樓層，拓寬了領地，漆上了奪目的色澤與添進美麗的擺飾。

　　「但總有些人在回首時，清楚看見它容顏如昔。」記憶霎時回轉過頭，四目交接，他在回憶的瞳孔裡，彷彿望見自己當年剛進到大學的身影，彷彿全校師生同時在這座當年唯一的建築物裡頭進行一天行程的情景重現一般，老師們忙進忙出的背影，同窗好友苦讀赴考的情景，歷歷如昨。

　　吳谷育是阿噹的學長，第四十九屆的土木系畢業生，大有成就的他應土木系的邀請回到中原母校演講，那是一場盛大的、轟動校園的演講，慕名而來的眾人，華美精緻如宮殿的瑞麗堂座無虛席。但是這一切，阿噹都不知情，他翹了一天的課，完全不知道學校的故事搬演到哪？依舊六神無主、晃晃蕩蕩地遊走，他只覺得若學校真的是一個巨大的囚禁地，他一定是無辜被加罪的人。

　　他不自覺地走向呦呦的研究室。九層樓高的全人教育村南棟，阿噹習慣性地步行走上最頂樓，他向來不習慣被困在如籠子的電梯裡面。他一級一級踏上光滑柔白色的階梯，窗面如湖水般清澈，在下午三點鐘

光景的陽光映照中，像是有粼粼的水光倒映在湖上，突然他覺得自己是湖邊的石頭，等了幾萬年不曉得在等待誰的出現。終於來到呦呦的研究室門口，抬眼卻見研究室幽暗的光線與牆面課程表上排課的訊息。原來她這個時候要上課啊！但阿噹並沒有離開的想法，他索性在門口蹲下來，姿勢有點滑稽；一會兒，他乾脆在研究室門口坐著，一丁點也不在意人們經過時猜測、好奇的目光。

　　此刻似乎什麼也不能做，阿噹開始拼湊幾天前和呦呦的對話，人有些恍神。

　　「我有時候會假想自己在某一場災難中死去了，這樣我就可以理直氣壯對於當下無感的生活視而不見，因為我已經不在人世了啊！但有時候我是真的以為我在某場災變中罹難了，因為生活中，我不曾確切感受到自己的存在。」他的人生觀令呦呦啞然無言。

　　「我真的累了！妳知道雷雨天中騎機車在街上馳走的感覺嗎？雨點迎面打向妳的臉龐，那有多痛？那種痛感我早就感覺不到了，又何況生活這場大雨？生命本身就是災難，悲歡離合總是驟然降臨。」他逕自發表自己內心的感受，毫無保留。

　　「是生活本身讓你失去感覺？還是你本身發生了一些什麼事？」她暗暗發問，但是覺得時機與氣氛都不對，遲遲未開口。

　　「阿噹，不要這麼死氣沉沉嘛！生命很多時候是另類的祝福啊！像現在的我們談天說地，有時是你以獨特的敏銳觸動了我；有時是我以師長的關愛啟發了你啊，你能說這樣的交流也是災難嗎？」她試圖用開朗、玩笑式的口氣回應阿噹的低落。

「師長的關愛？」阿噹的眼眸流溢出極其濃烈的疑惑。

只是師長的關愛嗎？就這樣而已嗎？沒有別的東西嗎？

直到今天，他仍然耿耿於懷這一句對白，這句讓他感到孤獨無比的對白。

在找不到呦呦的翹課天，他孤寂得如同戲台上的戲子，只能專注演出他人的故事，強迫忘掉自我的感情與悲傷。

⊠

▲
懷恩是校園中的第一樓，樓前的一片花圃水池是呦呦和阿噹的一個家庭、一團骨肉。我們要妳永遠地健康快活，就像徐徐吹送的夏夜晚風。

46

韓風暖流

　　灰白的髮絲在艷陽下飛揚閃耀，中氣十足的一聲「阿尼悠哈ㄙㄟ喲！」劃破了這由如雷般蟬響所構成的夏日午後。韓國籍的朴英奎老師一如往常的騎著腳踏車悠閒的在校園裡漫遊，並熱情的向沿途的學生打招呼。

　　經過教學大樓時，朴英奎看見前頭有一群穿著黃色Ｔ恤的孩子，看年紀只有十五、六歲，應當不是校內的學生，心裡還悶納著，就聽見這些青少年嘰嘰呱呱嘻鬧的語言似乎不是中文呢！

　　「嗨！朴老師，近來可好？」熟悉的聲音自隊伍中傳來，轉頭一看，原來是同一層辦公室的同事鹿呦呦。

　　「妳好，鹿老師！夏天一到，我這老人家也感覺精力充沛啊！倒是妳，臉色看起來不太好，要多注意身體喔！」朴英奎有點訝異於鹿呦呦的一臉疲憊樣，他所認識的鹿呦呦一向是很有生氣的。

　　「謝謝您的關心，最近實在是太忙了，系上幫忙承辦了一個印尼華裔青年中文研習營，忙得不可開交。不過看到這些孩子如此認真的學習中文，就覺得一切的辛苦都是值得的。」鹿呦呦微笑著看著這群活潑的孩子，眼神中盡是驕傲。

　　「還是不要太勉強自己的身體啊！那就不打擾了，再見！」咻的一聲，腳踏車經過了鹿呦呦，朴英奎老師用著獨特腔調的中文向這黃澄澄的隊伍喊了聲：「大家好！」就又悠閒的騎去了。

　　「你好！再見！」後頭傳來那團結且充滿生氣的回應，使得朴英奎整個人感覺好開朗。他來台灣有十年了，而在學校這麼長的一段日子，看到了學校的舊枝不斷茁壯，新芽也在不斷地成長，因為著這些勇

於付出的老師和學生，他知道學校擁有的無限可能。

　　朴英奎騎著腳踏車回到了全人村，回到自己位於九樓的辦公室。他收拾著東西準備要回家了，想著家裡的老婆和令他驕傲的一雙子女，他的唇邊一抹笑意。年輕時的他因為理念上的衝突而跟父親感情不好，現在年紀大了，對那段荒唐的過去感到懊悔不已，也更加珍惜家庭生活的互動。

　　不過他還是掛心著鹿呦呦，難怪他最近看到鹿呦呦辦公室的燈總是亮著，原來她是在忙碌著中文研習營的事啊！但以她這種要求完美的個性，她恐怕會累壞身子的。

　　突然，桌上的一顆紅蘋果勾起了他一個想法。

　　窗外景色隨著夜的來臨而逐漸暗去，一滴、兩滴、三滴，原本滴滴答答的雨滴轉為傾盆大雨了。朴英奎拿著剛削好的蘋果來到鹿呦呦辦公室的門口，他想鹿呦呦這麼的忙碌，可能會忽略要吃點水果。

　　才剛進鹿呦呦的辦公室，朴英奎就被她那慘白的臉龐給嚇著了。鹿呦呦露出悽苦的慘笑勉強撐起身子招呼他。「朴老師，這是要送我吃的水果嗎？你真是太好了，謝謝！」

　　「呦呦，妳是不是身體不舒服？一定要去看醫生啊！」朴英奎擔心的看著這樣子的鹿呦呦。

　　「嗯，我的身體不太舒服，似乎是發燒了。學校醫護室剛剛關閉，外面風雨又大，我今天沒開車來，所以沒有辦法去醫院。」鹿呦呦虛弱的說出自己的難處。

「不要擔心，趕快準備一下，我載妳去醫院。」朴英奎顧不得自己也趕著要回家，就急急地將鹿呦呦送往最近的醫院。

　　到了醫院後，朴英奎陪著鹿呦呦先去掛號。「呦呦，妳一個人可以吧！我先離開一會兒喔！妳拿完藥先等我一下，我會回來載妳。」說完話，朴英奎就冒著外頭的大雨撐著傘離開了。

　　鹿呦呦望著朴老師匆匆離去的背影，心裡滿是歉意。朴老師總是以長輩之姿照顧著他們這些後輩，他以外國人的身分在台灣生活實在不容易，但他開朗外向的個性為他贏來了好人緣，而真摯熱心的的待人更是在鹿呦呦心中樹立了一個好典範。

　　外面風雨交加，朴老師必定也急著要回家，因為她的病而耽擱了他的時間，鹿呦呦覺得很過意不去。

　　她剛至領藥處領完藥，就見朴老師一身濕答答狼狽地向她走來。「外面風雨可真大啊！撐了雨傘都遮不住雨。來，呦呦，這袋蘋果妳拿回去吃，多吃點水果對身體很好喔！」朴英奎拿出藏在外套裡的一袋蘋果就硬塞到鹿呦呦的手中。

　　鹿呦呦心中一陣暖流流過，看著手中的蘋果，她因哽咽而沙啞的嗓音說出：「真的很感謝您，朴老師，這麼的麻煩您。」

　　「對啊！如果沒有妳，我早就在家裡抱著老婆睡覺囉！哪會在這種鬼天氣裡東奔西跑的，早知道當時就不理妳了。」朴英奎露出頑皮的微笑說著，頓時化解了尷尬。

這個夜，是風，是雨。電腦桌前，鹿呦呦撐著病體繼續著她未完成的工作，但過度勞累所發出的警訊不斷地干擾著她的思考。她站起身，走到沙發旁，拿起袋中一顆紅澄澄的蘋果，一個三百六十度的旋轉上拋。

　　「休息一下，吃顆蘋果好了！」心中滿是暖暖的感覺。

⊠

撫著校舍斑駁的磚瓦，深深的牽絆是豐富動人的紀錄片。離鄉背井與朱紅校牆看了看，手握紅澄澄的蘋果；探了探，品嚐暖洋洋的碩果。 ▶

47 戀戀呼喚

　　天顏燦亮，校景以蒼鬱森林的躍動之姿跳盪起來，晨間流動著詩意的慵懶美感。樹影遮住失火般燒起來的陽光，燃成一列長排綠椅，但學生們卻無暇欣賞校園美景，因為今天是大考的第二天，個個皆手拿書本，快步疾行而過。

　　阿噹站在建築物的風口處，遲遲未將目光落在眼前這棟灰白色的、高聳的大樓上。那是一個分數的競技場，然而他已沒有鮮血可以流了。在獨自茫茫的夢境裡，他感覺到一種恍惚的專注，灰塵在空氣中的漂浮畫面也頓時清晰起來。

　　「精神病都是自己想出毛病來的。」阿噹在心裡責罵昨夜的自己，愛中有幻想，他將對鹿呦呦的幻想借筆尖流出來，流瀉成一首一首的歌。回想臥在桌上昏沉睡去的昨夜，雖滿足了某部分，卻也毀了某部分。像他今天顛顛倒倒走進校門口，因為睡不飽而模糊的視線差點和設計成三個入口的校門拱柱對撞。身心俱疲的他，跟校園路旁的木麻黃一起沉默下來。

　　遲了十五分鐘，阿噹半開著眼皮走向考場，他捏了自己大腿一把，強迫自己清醒過來，但他最終只能和卷子面面相覷。曲曲扭扭的光線在他的考卷上畫了一道長條狀的門，虛弱的意志使他以為鹿呦呦緩步從那道閃閃的門朝他走來。此刻，阿噹思及呦呦常對他說的一句話：「每個人都可以創造專屬自己的一扇門，自由進出他的秘密基地。」阿噹曾數度接著問：「妳也有一扇特別的門嗎？」那時鹿呦呦便會踱向不言不語的門，一聲不吭地走掉。靈魂的愛情在一路追趕愛情的靈魂，阿噹並不曉得日影之後如何地移動，愛情之後如何地旋轉。他在愛中昏睡，

他在考卷上卻真的睡著了。

　　下午四點鐘的夕陽裡，阿噹的澄澈年輕和呦呦的輕盈熟美巧遇，阿噹驚見他的臉影和呦呦的臉影交相疊映，宛如掩埋在餘暉下的墓地，合葬著一份秘密的愛情，愛中有如果，如果鹿呦呦也這麼想。

　　「阿噹，考完了啊？」鹿呦呦用一貫的愉悅口氣，向每個人打招呼那般叫住了他。

　　「嗯。」淡淡的深，沉沉的飄，像是徒然搖盪，像是荒唐起落，阿噹只是凝視著呦呦。

　　「今天考很多科嗎？怎麼看起來這麼累？趕快回去休息吧！明天還要考幾科？」呦呦沒有聽到阿噹聽到的一種出生入死的戀戀呼喚。愛中有孤獨，她和他各自感受不同的孤獨，不是年齡所秤出的孤獨，是愛。他們的孤獨不一樣。

　　「其實我一直置身事外，我根本不知道明天要考什麼！」阿噹沉入自己的年少混沌中，他總可以在她面前坦承自己，像一個裸體的孩子，沒有羞怯感。

　　「心還定不下來嗎？心上覺不出真興趣時，課還是可以照上，書也要規矩照讀。考完再跟你聊，撐著一點。」呦呦奔波來去的笑容從他面前飛逝。

　　「嗯。」阿噹自言自語、呆呆地目送呦呦苗條的身影離開。他彷彿從長長短短的夢中重傷似地掉下來。愛中有失憶，他忘記自己存在的時空、身分、名姓，痴望著呦呦的背影飄飄遠去，他知道那會是多年後

仍風味猶存的一個背影。像一條粗繩，一條散發異光的繩子，狠狠拋向他、縛住他，一個掙不出的夢，他全身僵在一份感情裡。

愛中有心願，他希望自己能夠是鹿呦呦鏤刻在滄桑校園的臉龐，一個難忘的人，而不單單是一個難忘的學生。二十歲，心中秋陽和夏日纏結的的年齡，是灰天暗地的愛的寂寥，也是艷陽高照的情感追求，熱燙、漫長卻美麗的一段旅途。他靠著蒼紅色的執著走，走啊走，可以走去哪裡？不能走去哪裡？他並不曉得，也是沒日沒夜沒有方向感地走下去了。愛中有妒意，他忽忽強烈忌妒起她的自在，愛中有慾，他不再自由了。

⊠

如果生命中最重要的記憶景緻隨流萍漂回原點，我們每個人都必須再思考下一次出發的東南西北向，有時憶舊，有時看新，反方向的仍會在同一個地方相會嗎？屆時，我希望能再聽見美妙的呦呦鹿鳴。

◀

48 雨中圖書館

　　午間過後，天空烏雲翻滾，頃刻間，席捲校園的每一隅，幾聲悶雷響後，斗大般的雨點密集地傾瀉而下，撞擊到地面後，汩成陣陣的漣漪，過沒多久，路面小溪流開始匯集出來。陰天了，太陽累了嗎？飄雨了，雲河氾濫了嗎？阿噹坐在整片落地窗前無聊地想著。典雅中充滿書卷味的圖書館是他最喜歡用來打發時間的地方，望著室內的靜謐與溫馨，暈黃卻像餘暉般的吊燈點綴著，木製圓形樓梯的迴旋設計俏皮中不失莊嚴，典藏分明的小天地是莘莘學子們擁抱知識的禁地，陷入如「舒潔」般柔軟的沙發中，進入愛麗絲的七彩奇幻世界；和窗外，風和雨拍打著樹枝不停地搖曳，投射在窗牖上的影子樣鬼魅在狂舞。

　　雨敲奏著一首幽暝曲，伴隨著寂寥的配樂，在這濕冷的園景裡，步履悄悄，莫將沉睡中的孤獨驚擾。

　　阿噹想醉死在這濛濛細雨中，但是，望著桌上厚到可以壓死一隻倉鼠的原文書，他不禁想著：「如果書可以吃，那不僅能填飽我的肚子，更能眼不見為淨。」阿噹回想著：大一上，期中考要考微積分……大一下，下禮拜要測驗微積分……大二上，等下要考微積分……大二下，我剛剛考了微積分嗎？名副其實的「危機」分，讓大家必須天天膜拜的瘟神，拜了祂，有機會過，但是機率不高；不拜祂，那是被當定囉！

　　對著課本，怎樣都吸引不了阿噹的目光，但漸漸地，那些亂七八糟的數字幻化成一雙雙帶有不同表情的眸子，時而明亮、清澈，時而嬌羞、嫵媚，時而固執倔強，時而飄渺無定。她的笑，是那麼明朗，像掛在窗上的風鈴，響徹天際……

　　思念，如輕紗般的糾纏，如幽靈般的追隨。只要心中有份牽掛，怎麼都不會覺得難過。我知道呦呦會説我癡情，其實這叫癡情嗎？這不是癡，不是忠，更不是傻，而是因為 —— 我願意。

▲ 呦呦，妳單純的簡單快樂，讓我能擁抱佇立的停留，讓我能仰賴徜徉的溫柔，閃逝的流星繽紛妳的背影，化作蒼穹的我長伴相隨。

　　鹿呦呦望著這場無情雨，來得真突然。算了，何妨吟「笑」且徐行？就讓雨恣意地揮灑在臉上和身上，幾縷髮絲濕冷地貼於額前，清亮的眼底有種寧靜的深邃，平和的臉，帶著些許隨意，些許堅持和淡淡的憂傷。

　　忽然，雨停了。

　　阿噹的眼睛瞬間發了光，像是尋找到珍異的寶物，他默默地、靜靜地把身上不大卻足夠容得下二人世界的外套遮蔽了絲絲細雨的滋潤。鹿呦呦不用抬頭也知道是誰，她沒有凝視著他，因為她知道他會。

◀ 靜謐的柔情，靜悄的足跡，靜默的跫音，梧桐雨牽引著如織的絲綢，絲絲滑落純粹的晶瑩和潔白。黑白片段的戲碼重覆上演著，原來我們一直在追尋那失落的時光，繚繞著記憶的初醒，定格在遺忘的美好。

「快樂是可要去開創，三分快樂靠天真，七分快樂要創造。愛自己、做自己、相信自己，就是快樂人生的開始。」鹿呦呦悠悠地說，柔和的臉上一筆一劃寫著決心和勇氣，「花與葉的分飛，不是誰想離了誰，卻終究不得不漸行漸遠，向著某一個方向，往自己的旅程而去。」

　　「我真希望我和妳是人造花，沒有歲月的追趕，從此擺脫分離的宿命。」

　　「那就失真了，有瑕疵的愛情可以是美好的愛情；失真就失之完美了！」

　　「妳最愛買衣服，妳懂得這樣的比喻。買衣服跟做人是一樣的，妳喜歡、看中了，再貴妳也會買；但是買回來後，妳發現有瑕疵，也會立刻了斷，但是到目前為止，我發現這件衣服依然是完美無瑕的。」

　　「日出和日落永遠不會一起出現，有些事注定永遠無法同行並進。」鹿呦呦把心底話真真確確地表達出來，那是現實的加壓，使她不

巴洛克餘音嫋嫋，卡農的和弦淡雅依舊迴盪在莊嚴肅穆的哥德城堡中，穿梭天際，響徹雲霄。呦呦，妳是時間的音符，是空間的舞者，我撩開生命的城門，伴隨妳的步伐，迴旋在夜的心頭。

得不界定清楚彼此的身分。

　　「違規停車交罰款就行了，可是有些事是不行的。車可以停錯地方，但感情不能放錯位置，你搞清楚到底想停在哪個位子了嗎？」

　　「非常清楚，不是師生，是心靈的戀人！我就想停泊在妳的心裡。妳那兒有我的位置嗎？」

　　雨幾時停歇，誰也不知，鳳凰枝葉颯颯，隨風滴瀝，薄霧早已散去，阿噹終於看清楚鹿呦呦的面容，如徐志摩的詩，那是一低頭的溫柔，像一朵水蓮花不勝涼風的嬌羞。

⊠

49

一包糖的苦澀

　　雨緩緩地落下，增添了幾股寒意，令人有些措手不及。「為何天使偏偏要挑在今晚放聲大哭？去吧！還是去赴約好了！」鹿呦呦拖著疲憊的身體，披上薄外套，並向同事借了一把傘，往力行宿舍附近的「一包糖」走去。究竟下了多久的雨，她似乎也搞不太清楚，總覺得每天在往返全人村和教學大樓之間，自己的裙襬和鞋子總是會被斗大的雨珠濺濕，似乎很久沒有感受到陽光的溫暖。

　　「叮噹！」，玻璃門被輕輕推開，只見服務的男孩露出陽光般燦爛微笑，並說了一聲「歡迎光臨」，呦呦微笑著表示要找人。

　　「嗨！老師，我在這裡！」阿噹起身揮動雙手，深怕鹿呦呦沒看見他。阿噹選擇坐在靠角落的位子，一件純白的Polo衫，襯著兩旁早已被熱氣的霧水遮蓋的玻璃，好像墜入凡間的憂鬱天使一般，窗外一片霧茫茫的什麼也看不清。不知為什麼，呦呦覺得壓在肩頭千斤重的勞累，有如水珠般蒸散在空中。

　　「應該吃什麼好呢？」鹿呦呦低著頭看著菜單。

　　「無錫排骨還不錯吃！」阿噹像個小孩般想尋求認同。

　　「真的嗎？」

　　阿噹用力地點頭，帶著一副你不吃會後悔的神情。

　　等服務生前來點菜時，阿噹立刻說到：「兩份無錫排骨，就這樣！」

　　鹿呦呦看著他認真的神情忍不住笑了，原來，這位看似不在乎一切的男孩，竟然會對吃如此地執著。

「好久沒看到老師了，想不到妳一忙碌起來，白天、黑夜都沒有分別了！」

　　「怎麼樣，最近好不好？」

　　「最近好不好？」阿噹愣住了，這應該是個很容易就能回答的問題，但他一時語塞，講不出話來，因為好不好似乎不再重要了。他突然覺得頭痛欲裂，左腦是岩漿，右腦是極地；左眼看到的是呦呦，右眼看到的卻是她未來的伴侶。

　　那個難得放晴的午後，阿噹捧著厚重的課本，拖著沉重的步伐，從土木館走出，黃昏的景色，看在他的眼裡，彷彿一切都象徵著結束。想起剛剛那群講秘密又很大聲的損友，在那邊偷偷討論著鹿呦呦可能喜訊已近，阿噹的胸口就像狠狠地被揍了一拳，悶到喘不過氣來。他似乎忘了自己是怎麼從教室走回自己的窩居，什麼聲音、什麼人的面孔都迅速消失在他的視線範圍，記憶只剩下一張清晰明亮的臉、自信的笑容和那爽朗的笑聲。

　　他用盡全力衝進盥洗室，開起水龍頭，嘩啦嘩啦的讓冷水澆熄臉上炙熱的淚水。彷彿才昨天而已，他還任性的和鹿呦呦說：「重點不在我比妳晚出生十年，重點在於我們還是在那相遇的起點，看見了彼此。我就是決定要愛妳，就是要給妳全世界最獨一無二的禮物。」

　　「阿噹，無錫排骨快涼了？」鹿呦呦知道阿噹試圖尋找思維出口的捷徑，卻無心多繞了許多的冤枉路。

　　「哦，奇怪，今天感覺沒那麼好吃，連一包糖的咖啡都嫌苦澀

呢。最近是不是又有印尼華語老師要到你們系上上課？」阿噹的口氣有些無奈，連忙挖了兩口飯以掩飾尷尬。

鹿呦呦看了看阿噹，他卻低下頭去。他不知道自己還有多少時間，可以這樣和鹿呦呦吃飯，看著她自信、美麗的臉龐，聽著她親切、爽朗的話語和笑聲，多想與她一起在樹下散步。

對他而言，他是珍愛鹿呦呦的，他覺得他的愛情不需要濫竽充數，人數多，自己彈不出一首像樣的曲調，又有什麼意思？但是期待他們能兩人相愛也很難。他也想過要自由，或者好好休息一下，但就像個衣夾，他頭上的帽子緊緊地被夾住。他知道，如果他一放手，就可以回到地上，過他想要的生活，但他總也捨不得放手，就這樣懸在半空中，晃啊晃，一晃就是兩年。

「是時候，該畫下一個句點了。」阿噹對自己這樣說。

☒

阿噹忘了自己是怎麼從教室走回宿舍，呦呦失魂地從行政大樓步向全人村。愛情不宜濫竽充數，寧願曲高和寡；愛之頌讚不歌下里巴人，唯吟陽春白雪！ ▶

50

當風揚起

　　六月的夏日總帶著躁動與不安，伴隨著蟬鳴聲，敲起熱鬧的序曲。「風車節」是學校畢業季的重頭戲，各大樓前都有在校生細心妝點，掛滿五彩繽紛的風車，並在樹上繫滿了卡片及黃絲帶，希望能透過陣陣薰風，傳遞畢業祝福和遠行思念。

　　阿噹和他的萬年死黨大野狼、小春和文哥一起躺在大草坪上，享受和煦的陽光，開始聊起早上歡送學長姊畢業的經過，並互相打鬧和各抒心事。大野狼的女友「小紅帽」和他吹了，還搭上別系的台客帥哥。大野狼說到這十分忿忿不平，頻頻怨她沒眼光。小春依然沒有尋覓到他的佳人，但仍然常常參加聯誼，不放棄任何和女生認識的機會。一向清心寡慾的文哥則是開始準備補研究所，走的是有為青年路線。

　　當風揚起，阿噹想起兩天前還在圖書館前的鳳凰木下，心中一團迷亂。他的心正執行著古老的印第安「環行正義」的風俗，自己就像一名罪犯被流放到荒島作為懲罰。面臨孤絕的環境，萬籟俱寂的獨處，校園帶來純淨心靈的良方，洗滌他心頭的無奈與憤懣。

　　的確，面對愛的缺憾，本來就是年輕人最困難的事。

　　那是學校風車節開啟的前夕，他站在鳳凰木下，看見鹿呦呦從那不霑衣襟的雨中走來。

　　「第一次感受風車節『當風揚起，生生不息』的震憾？」她笑著說。

　　其實我是想看妳像精靈一樣從遠處降臨的模樣，阿噹在心裡偷偷地答。

　　他望著眼前的鹿呦呦，心疼得什麼都不能再問。他想他在逃避痛

的感覺，可是，就像每一片葉子都有落下的時候一樣，再眷戀也敵不過現實。

「告訴我，如果是時空座標的轉軸移轉了，讓我先遇見妳，結果會不會不同？」

呦呦沒有說話，只是靜靜地看著他，她的心就像他背後的風車轉呀轉。

忽然一陣風輕輕吹過，那細碎的葉如雨飄落。

究竟是正在落下呢？或是用盡全力地滯留半空？

鳳凰木張開雙臂，迎接這一場雨，風卻總是把雨從樹的手上吹落，映在雨珠裡的，畢竟只是夏天火紅的回憶。

眼前婆娑，明明是下著雨啊，樹葉明明只有羽毛般的重量，在他眼裡，在他耳中，卻是那樣地沉重？

驪歌輕唱在畢業生的校園巡禮。阿噹青春的夢與愛，在鳳凰木的花瓣雨下浸潤了離情的芳馥；在飛揚的風車季節裡灑下戀校的款款詩篇。 ▶

呦呦慢慢遠離阿噹的視線，阿噹只看見她的背影，所以沒能看見她，自信的笑化為苦澀的笑，她也懂得成長蛻變的辛苦。

　　她不是不知道，只是，就像阿噹問不出口一樣，無法言說的沉默對話，在兩個人之間，並沒有不同。

　　再一陣風吹來，也許葉又會如雨般落下吧！不管是為了什麼。

　　鹿呦呦決定當「六月新娘」這是事實，阿噹當不成瀧則秀明，自然也無法和原本心儀的呦呦演「魔女的條件」。

　　「唉！都是跟你們混久我才會歸團啦！」大野狼忍不住抱怨了起來。

　　「沒關係啊！反正有許多好片子陪你渡過漫漫長夜！」小春立刻反將一軍。

　　「那我們可以組個『光棍好人團』喔！」阿噹突然笑出來。

　　「咦！你什麼時候心門開啦？」大夥兒齊聲問阿噹。

　　「因為……」阿噹立刻跳起來，走向草坪前所搭建的舞台。

　　「我覺得人生就像一幕幕的戲，我們沒有固定的劇本，甚至不能預測自己要說哪些台詞、和哪一個人物相遇。相遇，不是為了要後悔。在我生命中出現的每一個人，也許我們都曾歡笑過，也許我們都曾彼此傷害過，但我們也曾一起度過那段時光。」

　　此時的陽光投射在阿噹的臉上，彷彿正面對著觀眾進行內心的獨白。

　　「也許，在最愛的人身上過於執著，令人看不清一切，這就是

愛情盲目的地帶。但我已經在這次的愛情關卡裡經過試煉，懂得面對失去，珍惜鹿呦呦曾經帶給我的美麗時光。」

　　阿噹說完了心中想說的話，似乎輕鬆了不少，他的好哥兒們也為他拍手叫好。

　　過了不久，天色漸漸變暗，有許多人都像他們一樣，聚集在大草坪上，期待施放煙火的精采壓軸。當煙火正式引燃至天際時，鮮豔的花火與燦爛的天空交相輝映，許多人都忘情地嘶吼，空氣中瀰漫著驚喜和歡樂。

　　阿噹重展笑顏，又恢復了以往的活潑與熱情。也開始振作起來，為暑假生活和未來做好計畫。他是喜歡夏天的，忍不住哼起「夏天的風」：「每當夏天我吹著溫暖的風，我們的故事簡單卻很生動。花瓣掉落在我的手中，握著我們曾經的感動。」

人都是要長大的吧！再過一年，穿著學士服，迫不及待地將黑色方帽往天空丟的那群畢業生裡，也有一個阿噹在內吧！但無論如何，你都要相信，我一定會努力維持當初在校門口，遇見你的那份純真。 ▶

當風揚起，風車隨著陣陣涼風而轉動時，阿噹會想起夏末和鹿呦呦的初相遇，以及與她在校園所共同經歷的每一刻，普仁崗上第五十棵普仁樹是他的詩、他的夢、他生命初夏的愛的苗圃。

⊠

▲ 六月的鳳凰木，開得特別熱情，我看著他們，常常想對你說，應該要滿足了，對嗎？呦呦可以與阿噹相識、相知、相惜，在這一片五十歲的美麗校園裡同行，還有什麼比這更美好的事呢？

作者群及創作心得

連芸僑：經由真實情感虛構化的情節，像一部拍不完的電影；熱切參
　　　　與後是華麗幻妙的夢境，一個必須離開的攝影棚，片尾曲終
　　　　究要響起，我也該走了。人間情愛聚了又散，散了不一定能
　　　　再相聚，文字卻是永恆的重逢。

許弘昌：集體創作小說是個嶄新且有趣的嘗試，在構思的當下，細細
　　　　探索真實與虛構的界限。我們宛若一群牽手走過鋼索的人，
　　　　鍛鍊一項高難度的技藝，將來也會擁有深刻的記憶。

鄭宇恬：抱持著對寫作僅有的熱情以及身為中原人的驕傲，我以青澀
　　　　的文筆寫下了對校園的點滴情感，希望有緣閱讀到此書的您
　　　　和我一起細細品味。

張瑜倫：這是我第一次參與書籍寫作，我很珍惜這寶貴的經驗，同學
　　　　間彼此激盪出的文學火花是如此美麗！雖然我們的年輕可能
　　　　阻礙了寫作的深度，但抹滅不了我們對文學的熱情和無限可
　　　　能的創意！

溫亭羽：為你的五十，寫下所見所感的一面；為我的十九，留下永垂
　　　　不朽的紀念。不是出類拔萃，卻最是獨一無二，雖非完美無
　　　　暇，卻依舊五彩繽紛。歡迎進入文字與心靈交錯的創意樂

園，一個屬於你也屬於我的夢幻大學世界！

侯佳君：那年我們初遇，而故事還在繼續，用平凡的人物寫出不平凡
　　　　的心情，如果你也曾感受熟悉，願你能和我一起擁有這份獨
　　　　特的美好悸動。祝福中原，下一個五十年！

林孝穎：中原的每一景每一物，像極了一個嗷嗷待哺的孩子，用蘊藏
　　　　著再豐富不過的細膩筆觸刻畫出，是中原更成長、卓越的動
　　　　力，亦是曾經的一個美麗，雋永在中原人的心中。

陳心榆：無數個因趕稿而失眠的夜，在電腦面前翻閱查詢著各種參考
　　　　資料，不斷呼喊著主角們的名字，只求些許微薄的靈感。書
　　　　寶寶是全應華系同學們一起努力的結晶，獻給中原大學五十
　　　　歲生日快樂！

趙珮彣：很開心能夠參加這次的創作，詮釋阿噹跟呦呦的情感令人很
　　　　掙扎也很無奈。他們故事的場景、他們的對話或許會讓你發
　　　　現週遭事物所帶來的不只是你單單看到的。一個大男孩對老
　　　　師的表達是這麼自然，勇敢去愛讓這個故事變得很真。

林容羽：過去不曾走過的校園角落、不曾探索的校園歷史、身邊時時

刻刻被遺落的景物……我全都看到了。中原大學，五十歲生日快樂！

吳竺憶：專注觀察、投入情感、集結巧思，我們挖掘出中原的故事，在參與中體悟幸福，這是我們應華系的光榮！

楊　瑞：能以信手塗寫的主題而能受到青睞，以此書中為發表園地，實在是感到既惶恐又光榮。希望下次還有機會參加類似的寫作。

吳俞萱：很高興參與這場年度盛會，用年輕的心分享對這片紅土的情懷。集結了許多精華及心血，把最誠摯的祝福獻給以「信」立足、以「望」守護、以「愛」綻放的中原。祝中原生日快樂！

余欣蓓：第一次寫小說，為它，發呆、爬格子、頭髮亂了；第一次想將手中的紙筆丟掉，有股不再理它的衝動；第一次遇見了不斷鼓勵我、給予我寫作信心的雅薰老師，因為有這些寶貴的第一次，終於讓筆下的主人公敗部復活。

許世慶：鹿呦呦和阿噹的故事，是最貼近年輕、最單純的信仰。很高

興能參與這次的創作。這樣的題材、結局，雖然不是最完美的，但過程是美麗的。我們從中學習、體會摸索不清的愛情，替這個偉大的名詞編織自己的夢想。曖昧會過期，感情也會變質，但留得住的，絕對不要放手！

陳亭均：藉由這次機會，我站在普仁樹下，用阿噹與鹿呦呦的眼，重新發現中原的美好。

呂婉阡：聽到老師講這個故事時，真是雞皮疙瘩掉滿地，可是看到成品出來時，心裡真的很感動，當場都快落淚，好高興大家一起努力、加油！我們真的很棒！

吳詩敏：從來个知道自己有著和五十年時空對話的能力；從來沒想過自己可以為素未謀面的兩人譜出一段段的故事，謝謝中原應華所有的老師及同學們，給我這麼豐富精采的大一生活。

吳冠儀：阿噹和呦呦相遇，我和中原也邂逅。在這美麗的一刻，中原五十歲生日快樂。

詹涵雯：從剛開始的沒有靈感，到一篇篇成品的出現，成就感油然而生。看著屬於應華人創作出來的中原故事逐漸成形，內心的

感動難以言喻。感謝雅薰老師和這次幫助過我創作的朋友們！

李炯瑩：創意實驗性極為強烈的作品，我們都在這次的實驗之下張開雙眼並得到了創意思維。

葉人豪：一本書的製作完成都是要靠所有參與者的努力與付出，每一篇的佳作都是歷經多少次修改的成果，不過當這些汗水都乾了以後，所獲得的成就與喜悅將會是無法言喻的！

洪瑜璟：《遇見第五十棵普仁樹》是我們應華系同學的心血結晶，也將會是這四年來最有價值的經驗之一。也許到老了以後，還會拿出來翻閱、回味。

何佳蓉：這是一個美好的經驗！讓我用文字紀錄了我在中原的回憶！也更認識、更喜歡它！希望大家在讀這本書時，能和我們有一樣的感動！

彭民先：很開心能以書裡的隻字片語作為中原的生日禮物。五十年的後的明天當我們在翻閱這本屬於中原的書時，一定會有滿滿的感動。

黃鈺雯：創作這本書的過程不僅讓我們更加的了解校園週邊的人、事、物，也令我在大一的生活中留下最充實的一頁，這本書的完成，是應華系的我們最甜蜜的負擔。

蔡巧玲：經由這次的創作，我逛遍校園的各個地方，只為了安排故事情節。一切的相遇、互動、結束都在我心中來回不斷竄動著，我想，我不會忘記這如此美麗的故事的！

林怡芳：從小到大，我最討厭寫作文。為了這本書，用盡了我畢生的腦力，但是，當我看到自己的文章也成為書中的一小部分時，心裡還是挺爽的啦！

劉亞青：或許故事沒有多麼華麗的文字；但，卻可藉此一窺中原學生們在校園中的生活，更多的是應華系對於這本書的心力和期望。SO，請不要再說：應華系很閒！！

林靜怡：走過半個世紀的校園，蘊藏著一段從萌芽到枯萎的戀情，所有的酸甜苦辣皆化為字字真情，絲絲悸動，在空白的紙上揮灑著屬於我們的青春。

宋莉婷：參與創作是光榮的，付出努力是值得的，和應華姊妹們的切

磋琢磨，是獻給中原的第一份生日禮物。

梁宜婷：文字，能激盪出燦爛無限的耀眼火花，能記錄下稍縱即逝的
　　　　片刻美麗。藉由這次和大家一起機會，我用文字寫下生活中
　　　　的小感動，更寫下了屬於中原的回憶。

林智萱：五十歲的年紀，我第一次認識它，像初戀般的悸動，記下相
　　　　戀的點滴，雀躍的心情透過紙筆與大家分享，五十棵普仁樹
　　　　永在心中佇立，了解了它，有了更深的歸屬感！

翁慧芬：這次的寫作經驗，讓我提早體會到被催稿的滋味，還有被退
　　　　稿的快意（？）嘗試不同類型的文章之後，發現了自己絕對
　　　　寫不了的類型，這也算一種收穫吧！

陳妤蓁：原來，中原是如此美麗；原來，甜蜜的故事都在週遭上演，
　　　　換個心態看看校園，我發現每朵花兒在微笑；每棵大樹都
　　　　在述說著自己的故事。

莊雅蓁：參與創作這本小說花了我不少時間，其實真的蠻累的，但是
　　　　大致看到完整的版本之後，覺得很有成就感也很開心。不要
　　　　再說應華系很閒了哦，很累的好不好！

陳冠蓓：能夠為此書貢獻心力真的是很難得的機會。自嘆不如之際也發現自己眼光的窄小，經營文字和紀錄生活更是一門藝術，希望讀者能在此書中品味這些在中原發生的點點滴滴。

陳昶成：看到身邊這麼多的同學一起為一本書的誕生而努力，真的有那麼一份感動，越來越期待這本書的誕生囉！

張巧瑩：哇，到現在還是覺得很不可思議耶！我的大一因為應華的大家、這次寫小說的經驗有了好多好多別人不會有的美好回憶！好驕傲唷！

林志緯：我要出書了，我想連我父母、兄姐，我家阿狗、阿貓做夢都會偷笑。阿我那個兒子寫字像畫符，也能出書哦！

郭亮吟：中原的樹多嗎？每當下雨，我倒覺得溪流比較多呢！所以我私底下都跟同學戲稱這本書應取名為《遇見第五十條普仁溪》。很開心我創造出的小光能被採用，謝謝老師賦予小光在這本書裡的生命！

李佳彝：我討厭寫作文，因為在規定的範疇下，我無法盡情的揮灑，但感謝雅薰老師給我們無限的創作空間，讓想像蔓延，替這

美麗的愛情故事下了新的注解。

王怡婷：作夢也沒想到自己也可以出書，雖然我所寫的只有小小小小
　　　　部分。很高興我們用文字見證了中原五十年的歷史，這本書
　　　　為我們在大一留下一個美好的回憶，祝中原大學生日快樂！

劉陞宏：這不是一本獨自創作所出來的書，而是經由我們之間所有的
　　　　靈感所交織而成的作品，能成為這本書的參與者，我覺得相
　　　　當的榮幸。在過程中有歡笑，也有苦惱的時候，不過這真是
　　　　一次很好的經驗啊！

陳淑潔：我是懵懂的探索者，寫作文章對我來説是個難度極高的嘗
　　　　試，藉由這次的出書，強逼自己腦力激盪，對於能有屬於
　　　　自己寫的文章，非常開心。

王冠錦：哇，我訂的標題跟文章居然可以跟咱們應華系的才子才女們
　　　　結合而成一本書耶！總之，這將是一本應華系全體師生們共
　　　　同的心血跟回憶。

楊偉湘：阿噹與鹿呦呦讓我的想像力自由奔馳，但願以後還能有機會
　　　　參與此類創作，並誠心祝福《遇見第五十棵普仁樹》有理想

的銷售成績。

黃瓊慧：在過程中想盡辦法讓心靈沉澱，描寫校園，這些對於我這個
　　　　文學新手很不容易，直到知道這本書的誕生，很感動，也讓
　　　　我漸漸地愛上了文學。

陳庭歡：每次要交稿的前幾天都心情很差，因為寫不出來，卻又一定
　　　　要交。沒想到降子被逼出來的文章還可以放到書裡面，真的
　　　　是太意外了。

蔡雅薰
40歲的老師跟20歲的學生一起出書，never too late！

連芸僑
我生是喜是悲？世界是靜是動？今天是起點還是終點？我不知道下一秒我是哭，還是笑？

許弘昌
我在城市中的迷宮遊走， 尋找過去和未來的足跡！

趙珮彣
17歲的我　心曾放肆的笑過、哭過、痛過。
17遂讓我更明白……

林容羽
19歲的悵然，在夢幻與夢醒間未傳達出的意念。

吳竺憶
18歲的每一天，天空都是藍的，笑容都是精采的！

鄭宇恬
沉澱醞釀的酒最香
真摯友諒的人最美
穩健踏實的足跡最真
在三回味的回憶最濃
～共勉之～

吳俞萱
躍動年輕的心
綻放無限的光輝
回首流沙的足跡
追尋絢爛的餘暉

詹涵雯
世界很奇怪，很好笑哦！我就是我，你奈我何？

吳詩敏
20歲，我的人生正要開始展翅飛翔，希望能飛向湛藍的高空。

張愉倫
20歲了，哇～～～～（驚歎）

余欣蓓
中原，普仁樹下的浪漫邂逅，佇足與等待，和一顆絮亂的心，畫作春泥期待綻放一季的燦爛！

許世慶
我享受著此時可以恣意揮霍的青春，我渴望無邊無際不受拘束的自由，期待充滿屬於我的這場夢。

陳亭均
我就是我，誰也綁不住，大膽的飛吧！

陳淑潔
無聲無息，慵懶的生活，迎接每一個新與舊。

翁慧芳
天馬行空的想
恣意揮撒的繪
編織一幅屬於自己的圖畫

楊偉湘
20 歲的我依然保持天真無邪的心性。

王怡婷
天啊！我們真屌！

余孟娟
遇見第五十棵普仁樹，將會是應華最為榮耀的光輝。

王冠錦
2005 的夏天，送啦！

洪瑜璟
青春年華像熱拿鐵上的奶泡，容易消逝，但味道卻最美好！

黃鈺雯
大學的生活多采多姿，在這裡的日子，因為校園的美麗而替我的生活增添更多色彩。

張巧瑩
嗯～非常好！我一定要開開心心的過再中原的每一天～～哈哈！

郭亮吟
在第五十棵普仁樹下，阿噹與鹿呦呦禁忌的戀情，埋藏於第五十條普仁溪裡，小光無語的淚水，奔流！

劉亞青
我願盡一切努力，為的是換取家人、朋友的笑容！

林志緯
愛我所愛，浪費生命在美好的事物是值得的。

李佳彝
我在 19 歲的世界找到屬於我的天空！

呂婉阡
Enjoy my life
～我要當個快樂的平凡人。

溫亭羽
隨著文字起飛，享受翱　的美，穿梭白雲藍天。

吳冠儀
快樂開心ing＋戀愛ing

陳心榆
你很奇怪，出去玩一定要揪的啦！

林怡芳
2005的夏天，我愛中原，但我更愛錢啦！

陳冠蓓
壓迫、鬱悶，在黑暗中驚見一絲曙光。

蔡巧玲
嶄新的生活，我有著最甜美閃亮的笑容。

何佳蓉
大學之後的生活快樂、充實～真的很不一樣！！

劉陞宏
搖滾不死！Hard Rock無敵！Heavy Metal是王道啊！Music is my life！

劉素君
踟躕的腳步，猶疑的心情，狂妄的想法，大膽的摸索，這就是我，19歲的我。

侯佳君
戎紅R的第一刻是流淚，而我　　拚R過、痛過，所以執著。

林孝穎
經過＞存在。我知道這是一個memory.

李炯瑩
逍遙自在，徒留一筆。

葉人豪
書要將出版的喜悅真是無法言喻的。

宋莉婷
20歲的花樣年華，遊戲人間。

彭民先
開心就大聲笑，難過就大聲哭，這就是我。

林靜怡
19歲的靈魂，渴望著不受羈絆的自由。

莊雅蓁
吼～～你很煩耶友X去玩都不找的喔！！

梁宜婷
19歲的天空，一定要繽紛燦爛的啦！

林智萱
既緊張又期待的心情，但，我相信，明天會更好！

105 台北市南京東路四段25號11樓

大塊文化出版股份有限公司　收

地址：□□□ ＿＿＿＿＿＿市／縣＿＿＿＿＿＿鄉／鎮／市／區
＿＿＿＿＿＿路／街＿＿段＿＿巷＿＿弄＿＿號＿＿樓
姓名：

編號：CA 096　書名：遇見第5十顆普仁樹

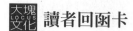 **讀者回函卡**

謝謝您購買這本書，為了加強對您的服務，請您詳細填寫本卡各欄，寄回大塊出版 (免附回郵) 即可不定期收到本公司最新的出版資訊。

姓名：＿＿＿＿＿＿＿　身分證字號：＿＿＿＿＿＿＿　性別：□男　□女

出生日期：＿＿＿年＿＿＿月＿＿＿日　聯絡電話：＿＿＿＿＿＿＿＿

住址：＿＿＿＿＿＿＿＿＿＿＿＿＿＿＿＿＿＿＿＿＿＿＿＿＿＿＿

E-mail：＿＿＿＿＿＿＿＿＿＿＿＿＿＿＿＿＿＿＿＿＿＿＿＿＿

學歷：1.□高中及高中以下　2.□專科與大學　3.□研究所以上

職業：1.□學生　2.□資訊業　3.□工　4.□商　5.□服務業　6.□軍警公教
　　　7.□自由業及專業　8.□其他

您所購買的書名：＿＿＿＿＿＿＿＿＿＿＿＿＿＿＿＿＿＿＿＿＿

從何處得知本書：1.□書店 2.□網路 3.□大塊電子報 4.□報紙廣告 5.□雜誌
　　　　　　　　6.□新聞報導 7.□他人推薦 8.□廣播節目 9.□其他

您以何種方式購書：1.逛書店購書 □連鎖書店 □一般書店　2.□網路購書
　　　　　　　　　3.□郵局劃撥 4.□其他

您購買過我們那些書系：

1.□touch系列　2.□mark系列　3.□smile系列　4.□catch系列　5.□幾米系列

6.□from系列　7.□to系列　8.□home系列　9.□KODIKO系列　10.□ACG系列

11.□TONE系列　12.□R系列　13.□GI系列　14.□together系列　15.□其他

您對本書的評價：(請填代號 1.非常滿意 2.滿意 3.普通 4.不滿意 5.非常不滿意)

書名＿＿＿＿　內容＿＿＿＿　封面設計＿＿＿＿　版面編排＿＿＿＿　紙張質感＿＿＿＿

讀完本書後您覺得：

1.□非常喜歡 2.□喜歡　3.□普通　4.□不喜歡　5.□非常不喜歡

對我們的建議：＿＿＿＿＿＿＿＿＿＿＿＿＿＿＿＿＿＿＿＿

＿＿＿＿＿＿＿＿＿＿＿＿＿＿＿＿＿＿＿＿＿＿＿＿＿＿＿＿＿

＿＿＿＿＿＿＿＿＿＿＿＿＿＿＿＿＿＿＿＿＿＿＿＿＿＿＿＿＿

＿＿＿＿＿＿＿＿＿＿＿＿＿＿＿＿＿＿＿＿＿＿＿＿＿＿＿＿＿

LOCUS

LOCUS